文治

失控的照护

[日] 叶真中显 著　代珂 译

四川文艺出版社

目　录

所以，无论何事，你们愿意人怎样待你们，你们也要怎样待人，因为这就是律法和先知的道理。

——《马太福音》第七章 第十二节

序章

二〇一一年 十二月

"他" 二〇一一年 十二月二日

下午一点三十三分。X 地方法院第二刑事部三〇二号法庭。

关上门的房间里，停滞的空气被浓缩，增加了密度，缓慢地抓紧每个人的心和身体。

被告席上的"他"透过留长的白发，直视着面前的审判长。

审判长那包裹在黑色法官袍下的身躯略显臃肿，上面顶着一颗已秃了的头。可能是为了弥补稀疏的发量，他的耳边至下巴处都留了胡须。本案的起诉时间在陪审团制度施行前，因此将在这名罗汉般的审判长的主持下，由包括他在内的三名审判员合议后宣判。

掌管生杀大权的男人并未与"他"对视，而是将目光落在手边。他首先宣读的不是判决正文，而是判决理由。

背后的旁听席传来无言的骚动，随后是起身离座的阵阵嘈杂。

应该是媒体的人去通报关于"正文后置"的最新消息了。大门开了又关，空气随之流转，密度也微微降低了些。

一般来说，本该首先宣读的正文部分被延后，代表着将要做出死刑判决。

"他"，前后共计杀害四十三人，并作为其中取证充分的三十二条杀人罪和一条伤害致死罪的嫌疑人被起诉。发生于"二战"后的连环杀人案中，此案被杀人数最多。

在这场审判中，嫌疑人对犯罪事实供认不讳并具有刑事责任能力，判决结果除死刑外别无可能。

是死刑——

"他"想道。随即想象起自己不久的将来。

日本的死刑是绞首刑。"他"将被蒙起眼睛，送上绞刑台，脖颈套上绳索。

在不见一物的黑暗中，落脚之地将突然消失。一瞬间的飘浮。还来不及反应，绳索就勒住了脖子，身体被吊起。

据说现代绞刑勒的不是气管而是颈动脉，所以并不痛苦。据说在痛苦来临前，涌向大脑的血液就会断流，导致昏迷。当然，真假不得而知。

起先是脑死状态，大脑机能停止造成心肺机能也随之停止，最终造成死亡。听说到那时，肌肉的松弛将使大小便失禁，真假仍然不得而知。

希望没有痛苦是真的，大小便失禁只是以讹传讹，最好如此。

不管怎样，死刑一旦执行，"他"将消失不见。但是，世界不会终结。

那么——

"他"想道。随即想象起世界不久的将来。

没有后悔。

一切都在计划之中。

"他"露出了微笑。

★

羽田洋子 二〇一一年 十二月二日

同一天，下午两点十八分。羽田洋子在旁听席抬头看向"他"。

这场公开判决备受关注，旁听券得通过抽签获得，但洋子作为被害人家属得以被优先安排了座位。

面对审判席，检察官席位于左侧，她就坐在那附近，从那里能看见"他"的侧脸——

满头的白发已经很长，深陷的眼眶，消瘦的下巴，以及沟壑般的皱纹。浅浅的微笑正挂在嘴角。

"他"那副模样带着点神圣。洋子并不了解美术和宗教，说不上来他具体像哪个作品，只觉得那仿佛是出现在宗教画中的圣者。

洋子的母亲被"他"杀害了。但罪行公开后时至今日，洋子的心里终于再也涌不起对"他"的愤怒和憎恨。

在和检察官共同撰写的调查报告里，作为死者家属，她表达了对于亲人被无端夺去性命的愤怒。但是，她无法将那视为自己的真心。在写调查报告时她曾向检察官吐露心声，但那些部分未被采纳。

其他人又如何呢？

洋子观察着集中坐在四周的其他被害人家属。

所有人的表情都一样，面色凝重，仿佛在强忍着什么，当然了，她看不到他们的内心。

审判长一直在宣读冗长的判决理由，她全听不进去，那些仿佛成了失去意义的符号。

洋子有种冲动，她想去问一问那些被害人家属——

喂，你们觉不觉得自己是被"他"拯救了？

★

斯波宗典 二〇一一年 十二月二日

同日，下午四点四十七分。斯波宗典听着漫长的判决理由，心绪难平。

得救了。

如若剥去一切道义的外壳，这一点无法否定。

父亲被医生诊断为自然死亡，实际却是他杀。那天正好是平安夜。一名素未谋面的白发男子出现在父亲面前，他并不是圣诞老人，父亲得到的礼物也不是玩具，而是死亡。父亲被夺去了性命。

可是，得救了。

死，确实让父亲和斯波都得到了救赎。

一口咬定杀人即是恶，这很简单。但是，这世道哪有那么单纯？

在斯波看来，这次杀人不能说是绝对的恶。

不过同时，他也觉得审判是必要的。不是作为杀死父亲的报应，而是作为一个契机。

为了让人接受事实真相并继续向前，审判是必需的。善恶的标签没有意义，接受审判本身才有意义。

终于，审判长开口了。

"判被告人，死刑。"

声音听上去庄严肃穆，不知是因为审判长的声音本就严肃，还是因为那个词的沉重。

这个判决结果早已心知肚明，但他还是不禁屏住了呼吸。

★

佐久间功一郎 二〇一一年 十二月二日

同日，下午四点五十分。宣读判决书正文，佐久间功一郎心里没有任何想法。

不，应该说他什么也想不了。自这场审判开始，佐久间就什么也没听、什么也没看、什么也没想。就连杀死了四十三人的"他"，佐久间也完全不认识。

可是正因为佐久间，"他"在 X 县八贺市秘密进行的谋杀才被暴露在光天化日之下。"他"之所以被逮捕审判，这因果的源头之上，毫无疑问有着佐久间的一席之地。

不，是曾经有过。应该使用过去式来描述。

因为佐久间已不在那里了。

★

大友秀树 二〇一一年 十二月二日

同日，下午五点。消息也传到了身处距 X 地方法院一百五十多公里的东京的大友秀树耳中。

"他"的死刑判决宣读了。

这是从开始就注定的结果。只不过被害人数太多，导致这场审判自起诉至判决竟花了将近四年之久。

"他"应该不会上诉。

这一点大友也明白。

"他"仍隐瞒了真正的目的。

一切都在"他"的计划之中。不光是杀人，罪行暴露，还有法庭审判，甚至死刑，这些都是。

只是待大友意识到一切的真相时，"他"已然身处法庭，无法接近了。

开什么玩笑！

心中翻腾的，是一种近似愤怒却茫然无措的情绪。

耳朵深处此时一阵疼痛。那是出现在鼓膜后方、中耳附近的疼痛和灼热，他还听见了声音。是耳鸣。

耳鸣最终变成话语。

悔过吧！

第一章

天堂和地狱 二〇〇六年 十一月

大友秀树 二〇〇六年 十一月四日

下午两点四十五分。晴朗的周末午后。微风轻拂，天气暖和得甚至不需要外套。据说今天白天因为受太平洋暖流影响，关东地区天气晴好，堪比九月。

"简直就是天堂。"

亲眼所见后，大友秀树才觉得朋友这话也并非谎言。

美丽的庭院中央有座喷泉。一座白色凉亭下，两位老婆婆正兴致勃勃地同貌似陪护的女子一起织毛衣。

老婆婆们的表情柔和且安详，阳光穿过树梢落在她们身上，仿佛送来祝福。这光景宛如画卷。

庭院那一头，可以看见一栋宽敞洋气的三层建筑。

森林花园——这座面向富裕阶层的陪护型收费养老院，位于东京都内八王子市幽静的郊外。听到"养老院"这个词，一般人的印象都是挤满了老年人，阴郁污秽。这里显然不一样。

大友今天来这里是为了陪父亲。从今天起，父亲将在这里度过为期五天的体验入住。

这养老院里的装潢就好像高级公寓，入口处的前台有接待员常驻，大厅铺着圆徽花纹的红色地毯，头顶上是水晶吊灯。内部装饰和摆设全都统一成暖色系，除了给人以洁净的感觉外，同时还营造出了高级和温暖的氛围。不用说，全院都是无障碍通行。

入住者起居的房间颇为宽敞，可按喜好选择日式或西式风格。房间里可以安装私人专用电话，也能接入高速光纤网线。大友起初还怀疑那玩意儿是否真有必要，当听说现在入住的人里还有"写博客的八十岁老婆婆"后，心里除了惊讶外，还不乏感叹。

除起居室外，这里还有配备了电子琴和等离子电视的活动中心、可享受天然温泉的大型洗浴中心、卡拉 OK 室、影剧院，甚至还有专供陶艺爱好者使用的工作室，种类繁多的功能性设施能满足各种生活方式和兴趣爱好。

陪护制度是二十四小时全天候陪护，护理人员将根据入住者的状态不分昼夜地提供陪护服务。同时有专门的医师进行定期体检，还有两名常驻的护士，紧急情况的应对措施也很周全。

工作人员均有资格证书，听说正式员工还要在知名酒店进行培训，学习一流的接待礼仪。

除此之外，据说饮食的品质也是极高。养老院和东京知名餐厅合作，为每一名入住者量身打造美味食谱，尽可能满足每个人的饮食需求和喜好。

至矣尽矣，说的就是这样吧。

基本上，比起在家生活，需要陪护的老人肯定是在这里要更方便舒适。连大友自己都觉得老了之后住在这样的地方应该不错。

"嗯。还行吧。"父亲坐在电动轮椅上，环视着大厅说道。

"是。我们一直在努力，让像大友先生一样的顾客都满意。"

负责给大友父子做介绍的佐久间功一郎，似乎是把父亲的这句"还行吧"当作了赞誉。

他是经营这家养老院的总公司——综合护理业务公司"森林"的营销部部长，也是大友那个介绍说这里是"天堂"的朋友。两人就读于同一家私立一贯制学校，从初中到大学都是同级同桌，初中和高中时代还是校篮球社团的队友。

即便知道对方是在跟父亲讲话，但听到老友在自己的姓后面加上"先生"，称呼"大友先生"时，大友还是感到不自在。

父亲的视线落在前台墙上挂着的金属板上。上面雕刻了《圣经》的一节，应该是这家养老院的经营理念。

无论何事，你们愿意人怎样待你们，你们也要怎样待人。

父亲注意到这些，颔首低语道："哦？是黄金律。"

"嗯？您是说黄金……律？"

面对佐久间的询问，父亲的嘴唇抿成了一条线。

"怎么？自己挂的东西还不知道是什么意思？"父亲指了指金属板。

"那叫作'山上宝训',是耶稣在加利利湖畔的山上对众人所讲的话的一部分。希望别人怎样对待自己,自己就要怎样对待别人——这是通用于所有法则和伦理的根本原则,是黄金般确凿的定律,所以被称作黄金律。"

"您可真博学。"

"还行吧。"

好友说着再明显不过的敷衍话,自己这个爹却还挺受用,这场面简直让大友坐立难安。

大友家从父亲这辈开始成了基督徒,但不管是父亲还是大友,都还没虔诚到可以布道的地步。

大友和父亲被带到了体验入住专用的房间。父亲要坐轮椅,当然是准备了西式房间。房间很宽敞,感觉舒适。

"房间里能抽吗?"父亲伸出两根手指,做出吸烟的姿势。

"可以。公共区域内是禁烟的,在房间时您请自便。根据您的健康状况,请允许责任医师适当给出指导意见,我们希望客户尽可能地提高自身的'QOL(生活品质)',这也包括个人的兴趣嗜好。"

"是嘛。"父亲点了点头,他是重度烟民,爱抽短支 PEACE 牌香烟。

父亲坐在电动轮椅上来到窗边,凝望着远处高尾山的景色,低声说道:"在这样的地方度过漫长的安息日,也算不错吧。"

大友才刚过三十,不过父亲今年已经七十九了。

六十多年前,父亲的老家在空袭中被付之一炬,只身一人来到东京。战争结束后，父亲开始做起了为驻军们服务的生意，结识了新教徒的随军牧师，从他那里得到了信仰。日本的信徒数量并不多，很容易被用"基督徒"这个词来一并概括，但实际上自战前到战后，被引入日本的基督教可分为东方正教、罗马天主教和新教三大派别。其中罗马天主教以罗马教皇为最高领袖，是世界最大的教派，崇尚教会的传统和权威。新教则是对罗马天主教这种教会至上的信仰体系表示异议并从中分离而出的诸类派别的总称。新教否定教会的权威，倾向于肯定个人的成功，将其看作神的恩惠。作为信仰，它和资本主义性质的营利活动间的亲和性高，这也是一种观点。这样的观点正确与否尚不可知，不过成为信徒的父亲的确作为一名贸易商人在战后日本急剧发展的资本主义社会中大获成功，积累了财富。

如今他已从商界引退，气色很好，看上去并不老。但身体不会说谎，腰痛这老毛病不断恶化，最后腰都直不起来了。他说医生告诉他，治疗已经不能改善现状，住院卧床反而会加剧病情恶化，情况允许的话，最好在专人护理下生活。

母亲比父亲年轻二十岁，却在前年因癌症先走一步。从那之后，父亲一直独自一人。

他们只有大友一个孩子，暂时还没发现有私生子。按照正常的社会观念，父母的护理工作应该由孩子来承担，可是大友因为工作需要，每一到两年就要换一个工作地点，一起生活颇有难度。妻子还得照顾刚满一岁的女儿，将父亲推给她，自己一人去外地工作也不现实。

大友正发愁该如何是好，就得知学生时代的好友在护理服务公司工作，于是便取得了联系。

佐久间极力主张"如果资金充足，付费养老院是最好的选择"，还寄来好几本森林公司经营的养老院的宣传册。

每一本宣传册的最后一页上，都印着整个集团的董事长——森林公司的老总和一名保守派政治人物握手的照片，这名政治人物现在已经坐上了总理大臣的位置。

这位董事长被外界评论为新锐创业家，他曾让一个以外派劳力为主要业务的企业集团迅速成长，现在还担任了经济团体联合会的理事。据说他在护理保险制度实施前夕收购了九州的本土小型创业公司森林，以此为踏板涉足了护理行业。

照片旁边印着企业理念，同时还有现任总理大臣的寄语——我支持森林。

看到这样的宣传册，父亲居然挺感兴趣，三下五除二就办好了体验入住的手续。

"如果我满意的话，就可以直接入住？"

"是的。当然了。提供给您体验入住的房间，已经以预约入住的方式为您预留了，只要您有意愿，就可以直接入住。"

"嗯，好的，不过现在还说不定。前提是我满意才行。"

父亲还在摆架子，不过看这情况，他很有可能直接成为这里的看护对象。

"不好意思呀。我爸的话那么多，很烦吧？"

佐久间将整个机构介绍一遍过后，大友的父亲就山南海北侃了起来，整整两个小时。从年轻时吃过的苦到基督教，还有关于眼下时事的观点，话题倒是挺丰富，就是没个尽头。大友几次试图打断父亲，插话说"时间差不多了"，但父亲的嘴一直没有停过，直到晚饭开始。

当二人走出大楼时，太阳已经完全落山了。

白天时还挺有春天的感觉，到了这个时间就吹起了干燥的风，肌肤也感到了这个季节应有的寒意。

"没事儿。听别人讲话也是我们的工作。我倒是很佩服呢，你爸那么大岁数了思路还挺清晰，讲的话也都在理。对了，我请你吃晚饭吧。毕竟你替我介绍了一个大客户。"佐久间发出邀请。

"嗯，咱们也好久没见了。那找个地方吃饭吧。"回到位于千叶的家开车要将近两个小时，大友本就准备在外面吃完晚饭再回去。"不过还是 AA 吧。哪怕私人关系也不能接受利益赠予。"大友又添了一句。

"利益赠予？就请一顿饭？"佐久间板起脸道。

"嗯，这是规定。另外，我还得随时保持联络畅通，最好找个有手机信号的地方。"

"搞什么呀，可真够麻烦的。"

"唔，是挺烦。"大友耸耸肩应道。他的职业是检察官，任职于千叶地方检察厅松户支部。

★

羽田洋子　二〇〇六年　十一月四日

　　同日，下午六点。窗外已经暗了。略微泛黄的荧光灯照亮了卧室。

　　简直像地狱一样——羽田洋子心想。

　　"你是谁？你干什么？别碰我！你这个畜生！畜生！畜生！"母亲嘶吼得好像一头母兽。

　　母亲？

　　是的。虽难以置信，但这是洋子的母亲。

　　那个曾经温柔的母亲。

　　"你最棒啦。你就是我活着的意义呀。"曾经的母亲会当面对洋子这样讲——那是什么时候的事了？

　　当初的母亲，如今正疯狂地甩着干枯的头发，扭曲着行动不便的身体，看起来也不认识眼前的洋子。

　　就在前一秒，母亲还是偃旗息鼓般地安静。这间不到十平方米的房间是母亲的卧室，她半躺在护理床上，既没有睡也不清醒，一副失神的模样。她机械地张口，喝下洋子用勺子喂到嘴边的稀饭。

　　"妈妈，我要出门了。上不上厕所？"

　　晚饭吃得有些早，饭后洋子这样问时，母亲的脸色有些不悦。

　　"嗯？那先上个厕所吧。"

"唔，唔。"

被洋子一催，母亲似乎还不大情愿，晃晃悠悠地起了身。洋子随即搀扶着她走到床边的马桶旁，帮她脱下了裤子，就在那个瞬间——母亲像是忽然回过神了似的，直盯着洋子看。她那空洞的灰色瞳孔深处闪起光芒。然而，映照在那里的却是恐怖和混乱的色泽。

本来安稳的母亲又有发作的架势。

"你……你是谁？"

母亲有些不知所措似的问道。看起来，她是真的不知道眼前的人是自己的女儿。

洋子感到脊背一阵发凉。但她努力保持了冷静，装作若无其事的样子，笑着答道："妈妈别闹。是我呀，洋子。"

母亲的表情里只写了"恐慌"两个字。

"骗……骗骗……骗子。洋子哪有这么大？你……你是谁？干……干……干什么？"

似乎在母亲的脑子里，洋子还是个小女孩，所以面前的女子看起来陌生又可疑。

就算明白这些，洋子也无计可施。她只有不断地辩解："没骗你呀。我，我是洋子。"

"骗……骗子！你是什么人？"

暴风雨来了。

眼前是一个陌生的女人。而且不知什么原因，这女人还脱了我的内裤，让我的小肚子暴露在外——母亲恐怕已经被这样的妄想支配了。

母亲混乱了，发狂了。

她的身体在挣脱，不停地把自己的女儿喊作畜生。

"妈妈，停下！危险！"

洋子紧抱住母亲，试图限制她的行动。

"喊——！"母亲发出怪异的声音，伸长了脖子，对着洋子的手腕一口咬了下去。

"呀！"洋子不禁撒了手，一屁股跌坐在地上。洋子的左臂，手肘下方，出现了母亲的一排牙印，那里正往外渗着血。

"妈妈、姥姥，出什么事啦？"

儿子飒太出现在房门口。刚才他还在客厅打盹呢，可能听到动静醒了吧。

"啊——！"母亲发出尖锐的叫喊。

"啊——！"飒太也学着姥姥的样子喊。

小飒太还不能理解姥姥的状态。在他看来，姥姥可能在逗他玩儿吧。

"你是哪来的小子？小孩子来偷东西吗？"

母亲面目可憎地瞪着飒太，口沫横飞。

这明显带有敌意的表情和言语让飒太明白了对方并非玩笑，他的脸一下子僵住了。

"姥……姥，我，是飒太！我不是小偷！"

飒太还是个孩子，一定是受了惊吓，他的眼角都湿润了。

"是呀。妈妈，你误会了，不是你想的那样啊。飒太是我儿子，是你外孙子呀！"

"啊！"

母亲突然像被电打了似的，小声惊叫着抬起了下巴。紧接着，响起一阵"噼噼啪啪"的动静，就像有什么东西被撕裂了。

随着那阵动静，黏液状的粪便滴滴答答地顺着母亲裸露的屁股流了下来。

洋子无法控制自己，尖叫起来。

和粪便一起喷出的还有尿液，母亲的大腿湿漉漉的。混合在一起的粪和尿散发出强烈的恶臭，直往鼻孔里钻。

飒太也顿时变了脸色："哇，姥姥！尿裤子！"

失禁的母亲直勾勾地盯着滴落在地上的大便，若有所思地拿手指抠了抠："哎哟，真浪费。"

母亲将指尖的大便含进嘴里，就好像是在舔豆沙馅儿。

她已经忘记了那是刚从自己身体里流出来的东西，还以为是什么食物。

"姥姥！臭臭不能吃！"

眼前的诡异事态令飒太大叫起来。

"住手！妈妈，住手啊！"

洋子抱着母亲试图制止她的行为。

飒太走上前来，似乎想帮助妈妈。

"别！飒太，别过来！"

飒太不顾妈妈的阻止走上前来，却因踩到地上的粪便而脚底打了滑。飒太"哇"地叫了一声，跪倒在洋子脚边。有一部分被尿液稀释了的粪便随着飒太的踩踏而飞溅起来，弄脏了洋子的脚和飒太的脸。

"你干吗要过来！你傻吗？"

洋子不自觉地提高了嗓门，还伸手打了飒太一个耳光。

飒太的脸颊红了一块，猛地大哭起来。扇儿子耳光的触感在洋子手心留下一阵温热。

自己的儿子沾了一身自己母亲的粪和尿，还在抽泣，那副模样令洋子胸口一紧，硕大的泪滴便从两眼流了下来。

而另一边，母亲方才的狂暴似乎已平息，回到了平常呆滞的模样。

"洋子？小飒？"母亲像是认出了面前的女儿和外孙，但是那瞳孔却失了气力，混浊不堪，"这是怎么了？"

母亲的眼睛什么也没看，也不是明确地向谁发问，她只是问。

自己的母亲、自己的儿子，粪便、尿液、恶臭，还有眼泪。

这是怎么了？真正想知道答案的是洋子。

为什么会变成这样？

眼前的地狱状况是从什么时候开始的？

至少在洋子刚开始和母亲一起生活时还不是这样。

X县八贺市是一处四面环山的盆地，夏季闷热犹如火锅，冬季从冰冻的山上吹下的寒风让这里冷得犹如冷库一般。昭和时期这里是一座卫星城，人口是膨胀了，却没有像样的产业，等到经济泡沫破灭之后，这座城市就开始缓慢但真切地丧失活力。

洋子在婚姻失败后回到城镇上的娘家，那已是六年前的事了。母亲慈祥地接纳了带着刚出生的飒太返家的洋子。

那时候母亲七十一岁，洋子三十八岁。

父亲已经去世，养老金是母亲仅有的收入。洋子是唯一的劳动力，然而这个国家的社会制度对单亲妈妈来说还算不上照顾，每一天洋子都拼尽全力，就为了温饱。

即便是那样，那时候的生活也不算是地狱。

母亲还常常向洋子表示感谢："你跟我一起住可帮了我大忙。"她也乐于跟外孙一起生活，"每天都能见到可爱的小飒，真是令人开心。"

三个人，祖孙三代，日子虽然清贫，但还算快乐安稳。

直到三年前，一切突然改变了。

母亲本来就有点贫血，一直在服用补血药，自从和洋子母子一起生活后，她就以"症状也不明显，还是得节约些"为由停止了服药。

或许这就埋下了祸根。母亲在车站时头晕了，从楼梯跌落，伤情十分严重，腰部和双腿开放性骨折。生命虽无大碍，康复情况却不是很好。腿部功能几乎丧失，仅凭自己而无外力辅助时无法自由站立。

现在回想起来，那时应该就是地狱生活的开始。

除了工作和育儿，洋子还得负责护理母亲。当时护理保险制度已经开始实施了，但要享受该制度压根儿谈不上方便。而且就算在保险补助范围内，对于仅凭洋子一人支撑的这个家来说，母亲的护理费用依然是巨大的经济负担。政府提供的护理服务仅限于洗浴等无法单独完成的困难项目，日常护理还是得靠洋子独自完成。

即便如此，最开始时洋子还是觉得，母亲的护理工作虽算不上快乐，但给人以充实的感觉。周一至周五，洋子在超市收银台上班，周末时，则在小酒馆里招呼那些醉汉。难得的休息日，便将母亲扶上轮椅，带着飒太一起去附近散步。洋子的身体已经吃不消了，但却在内心欣赏着为了家人牺牲自我的自己，那是一种不可思议的喜悦。

亲情，家人之间的亲情。

这个美丽的辞藻就是促使洋子奋斗的动力。

如若母亲就此安详度日，感谢洋子的自我牺牲，或许洋子还能从那种生活里感受到更多幸福。

然而现实却往相反的方向发展，还算幸福的生活开始一点点地崩塌。

母亲几乎得在全方位的护理下才能生活，但洋子外出工作时，每天大部分时间她都不得不独自一人在家。母亲是个喜爱外出的人，以前就算没事也会时常出去走动，如今却不得不过上一种完全相反的生活，这使得她的心理逐渐产生了变化。

她开始抱怨起哪怕一丁点的小事，每当洋子要出门上班，她就恨恨地抱怨道："明知道我一个人在家出不了门。"可假日里，当洋子邀她出门散步，她又以"我不想去。看到外头那些人走来走去影响心情"为由，躲在家里闭门不出了。对于照顾自己吃喝拉撒的洋子，她非但不感谢，反而处处找碴儿闹起别扭来。

母亲的心情洋子也并非不理解。七十年了，一双理所当然该支撑身体的腿却突然没了用处，连外出都不能随心所欲了。这一切必定令她感到陌生而恐惧。

并且洋子心里始终有种沉重的负罪感，她觉得母亲受伤，是和他们母子一起生活所导致的。

当初母亲收留了我和飒太，现在轮到我来照顾母亲了。

洋子这样想着，竭力为母亲付出。

然而，从母亲的嘴里再也听不到感谢，给她做吃的被抱怨"难吃，咽不下去"，给她擦身子被指责"好疼，小心点"，想安慰她却被要求"别故意刺激我"，最后竟发展到"看到你的脸我就心烦"这种话。

就这样洋子也忍了。

其实不只身体，她连内心都已开始难以承受，但她选择了无视。

我不痛苦。我不痛苦。我不痛苦。

真正痛苦的是母亲呀。我不痛苦。

我不是那种不想照顾自己母亲的薄情之人。

我们母女间的亲情不会输给这种困难，没有输给这种困难。

她这样说给自己听，近乎强迫。

可母亲的情况却落井下石般一天比一天坏。

除了讲坏话、爱抱怨，有时明明刚吃完饭，她却坚持认为还没吃，还会呼唤早已去世的父亲，这种明显不合常理的行为越来越多。有一次她还在大夏天说"天都这么冷啦"，然后穿上了毛衣。明明没人说话，她却怯怯地说"别那么大声发脾气嘛"。有时候，她连飒太和洋子都认不出了。

失智症。

这个病以前叫"痴呆症"，但好像现在都不这样叫了。

它不仅造成记忆能力和思维能力减退，还改变了母亲的人格，让母亲不再是母亲。

它还无情地撕裂了洋子一直以来的精神依靠——家人之间的亲情。

洋子尽心尽力地照顾母亲，可对方却认不出她，还怯生生地问她"是谁"，对于此时的母亲来说，洋子并不是女儿，她是一个不明身份的陌生人。比起被抱怨、被指责来说，这更令洋子遭受打击。

失去了亲情的"家人"，只不过是一个冷漠的词语。

即便母亲在意识上成了另一个人，但母亲永远是母亲，不论去查户籍或者验 DNA，这都是一个很简单就能被证明的事实。

母亲常常认不出洋子。但她仍是家人，必须去照顾。留给洋子的只有这种尽义务的想法。她无法欣赏这样的自我，空虚和疲劳感越来越重。

就这样，地狱显现了。

走到这一步，洋子承认了。

我很痛苦。我很痛苦。我很痛苦。

照顾母亲很痛苦。我想逃离这地狱，哪怕早一天也好。她想。

洋子安抚着仍在抽泣的飒太，勉强擦去了房间里的污秽并喷上除臭剂。她根本没有时间去彻底打扫，也没有力气。

她把飒太从卧室带到客厅，然后用 DVD 机播放了租来的卡通片。

飒太听到节奏欢快的片头曲，随即停止了哭泣，紧盯着电视。

洋子回到母亲的卧室，从衣柜里取出几根皮带，站在母亲身边。

母亲躺在床上目光呆滞地看向天花板，她已经忘记了刚才的癫狂，仿佛一切都是假的。

"母亲，对不起了。"洋子轻声说完，就用皮带将母亲的右手绑在了床边的铁管上。

母亲茫然，没有反应。

接下来她以同样的方式绑上了左手。母亲的下半身活动不便，这样的处理足以使她无法动弹。不过洋子还是把脚也绑上了，以防万一。母亲被紧紧束缚在床上，仿佛一只被制成标本的昆虫。

失智症发病后，母亲开始趁洋子不在家时自己爬下床。她未曾爬出家门，但家里是无障碍通行的设计，像她那样跟毛毛虫似的四处乱爬已经足够危险，更别提好几次她都直接从床上跌下来过。

所以，每当洋子因为上班而长时间不在家时，她就像这样把母亲绑起来，纵然那样的母亲凄惨不堪，仿佛被夺去了作为人的某种重要东西。

母亲有时候十分抵触手脚被束缚，但今天并未反抗，可能因为刚才闹过一场了吧。狂乱过后的母亲，总是像活死人一般没有生气。

洋子匆匆化了妆，带飒太出了家门。

这是一座不大的木结构平房。听说是已过世的父亲在洋子出生前盖的，所以该有四十多年了。石灰墙壁已有多处裂痕，如今已不常见的白铁屋檐下耷拉着坏掉的雨水管。院子就丁点儿大，也早被枯叶和杂草占据。

洋子拉着飒太的手，沿着已开始昏暗的道路快步疾行。

今天白天还挺暖和，太阳落山后却一下子冷了起来，俨然是冬夜。

间隔数十米设置的路灯的灯光也是淡淡的冷色，使人的体感温度更低了。

飒太只穿了件运动外套，似乎也不觉得冷，口中唱着动画片的主题曲，一路蹦蹦跳跳。他的心情很不错，刚才被打的事情好像已经忘记了，被洋子拉着的小手热乎乎的。

二人正前往车站前的一家小酒吧。酒吧里没有年轻姑娘，也没有阔气酒客，老板娘倒是脾气很好，店里的氛围也不错。洋子每周末晚八点开始在那儿上班。老板娘把洋子当作自家人照顾，告诉她上班时可以让飒太睡在酒吧的二楼，平时她自己就睡那里。好在飒太不抗拒一个人睡，一旦睡着了，中途也不哭闹，于是她便感激地顺着老板娘的意思做了。

在单调的步行过程中，洋子不自觉地想起了一些她不愿去想的事。

如今牵着飒太的这只手，也是刚才打过他的那只手。

她离婚的原因是丈夫的家庭暴力。两人交往时，她就发现了对方的强势和暴力倾向，可还是被爱情冲昏了头脑，跟他结了婚。不承想，前夫居然不顾洋子还怀着身孕对她动粗，让她险些因此流产。即便是现在，回想起那件事也仿佛一场噩梦，不过也全因它发生了，洋子才终于动了离婚的念头。她不顾一切地要跟对方断绝关系，连赔偿金和抚养费都没拿到。

正因为洋子有这样的过往，离婚之后她才发誓以后绝不对儿子动手。可自从母亲需要人照顾后，她却开始频繁破戒了，哪怕心里知道不应该，气上心头时却总也管不住手。

动手程度都和今天差不多，顶多就是脸上打一巴掌，但这也让她很不是滋味，看到儿子捂着被打过的脸颊哭时，她更是喘不过气来。

每当有新闻播报小孩因为父母的虐待丧命，她都会内心不安。

我和那种父母不一样。我不会为了自己而牺牲飒太。我要保护飒太。

可无论她如何说服自己，不安的情绪还是越来越重。

如今握在手里的小手，也正握着我自己。我真的能保护他吗？

洋子的心里有着某种说不清道不明的东西。

我曾经忍受丈夫的暴力，现在还要忍受看护母亲的煎熬。

这，究竟还要持续多久？

我得忍到什么时候？

跟丈夫的关系通过离婚断绝了。可是，母亲呢？

不记得是什么时候了，上门问诊的医生还说："老人家身体状况挺健康，一定长寿的。"这不禁让洋子面颊抽搐。

长寿?

假设能活到平均寿命，那还有十多年。

就一直这个样子?

小飒太在一点点成长。今年他六岁，明年春天就上小学了。他的语言表达越来越完整，能表达的东西也越来越多。

但是，母亲不一样。母亲已经不会再成长了。今后恐怕只会变坏，绝不会变得更好。日复一日，她将越来越难以沟通。

日本是个长寿的国家。一直以来洋子都茫然地认为这是件好事，现在才意识到那是极大的误解。

不死，再没什么比这更令人绝望了。

她打心底厌恶怀有这种想法的自己。

★

大友秀树 二〇〇六年 十一月四日

同一天，晚上八点十分。大友秀树和佐久间进了京王八王子站旁边一家创意中餐厅。

进店时，大友秀树检查了手机屏幕，确定信号有三格。像他这样任职于地级检察厅的检察官，哪怕是公休日，也被要求随时保持联系畅通，像今天这样因私出县的话还必须提前打报告。据老一辈检察官说，昭和年代还稍微宽松一些，进入平成年代后，纪律严明的风气越来越盛，规矩也比之前多多了。

点完菜，佐久间便说道："真是久违了啊，秀子，高中以后就没像这样一起吃过饭了吧。"他的声音、语气还和从前一样，只是左腕上那块闪闪发光的名牌表是高中时没有的。

他和大友在高中时因为打篮球几乎每天见面，但上大学后便渐渐疏远了，等到步入社会以后，更是没再见过面。

"那是。阿佐，幸亏你干护理行业，帮了我大忙。"

大友刚说完，佐久间就笑了："阿佐？感觉真怀旧。现在绝不会有人这样叫我了。"

大友点头："也没人喊我秀子。"

初高中时的绰号，长大成人后就消失不见了。

先上了乌龙茶，二人碰杯。

"嗯。不过我进森林公司也只是听从安排。"听说佐久间本是经营外派劳力的总公司员工，因为优秀的营销能力得到赏识而以部长待遇调到了森林，"而且，你才是帮了我大忙。高级老年公寓的利润可是很可观的，感觉就像接到了一个妙传呀。"

佐久间把两手放在胸前，做出了接球的架势。

他那令人怀念的姿势，让记忆伴随着篮球鞋底摩擦地板的声响鲜活起来。

"你还记得最后那场比赛的传球吗？"

面对大友的问题，佐久间摆出思索的架势后眯起了眼："哈哈，那个球啊，记得。"

高三那年的秋天。

那是他们的最后一届联赛，也得益于较好的分组运气，他们一路打进了东京的八强赛。那场比赛的对手，却是大赛冠军的强力争夺者——一所篮球实力相当强的学校。

比赛自始至终都打得有些被动，最后一回合时，剩余时间已不足三十秒，落后十四分。他们已经很拼了，但失败也已然注定。那个球就是在那时候传出去的。

打中锋的佐久间已经在伸手，大友看在了眼里。无论对方这球进不进，留给他们的显然已是最后一次进攻机会。

大友跑了起来，并不管球最后会如何。双腿早因连续奔跑而堆积了大量乳酸，但他还是拼命迈步。在他的身后，佐久间抢到了篮板。

大友抢在对方回防前冲进了禁区。

"传球！"他伸出右手喊道。

佐久间单手将球抛了出去。深褐色的比赛用球如箭一般从球场的一端冲向另一端，朝着篮筐斜前方四十五度——大友前进的方向飞去。那里是唯一的选择，这是一次奇迹般的长传。

大友右手接球后一次运球加一次迈步，上篮得分。

哨声紧跟着响起，比赛结束了。

"从初中开始打了六年，我觉得就那次打得最好。"

哪怕眼下，大友都能身临其境地回想起接到长传的那一刻到篮球入网后的情景，上篮之后球的重量从手心消失的感觉，仿佛还留在右手的手心。

"比赛还是输了。"佐久间似乎有些不快地说道。佐久间自那时起就是一个十分看重胜负的人。

"但也输得漂亮呀。除了拿到全国冠军的球队外，其他球队都算是输球回家。我一开始总打不上主力，中途好几次都想放弃了。最后迎来那样的结局，让我觉得坚持下来真好。"

大友进篮球队并没有什么特殊原因，上了初中后，看了各个课外活动社团的介绍，觉得篮球还算有意思。大友的个头不算很高，运动能力也平平，初中时一直是替补，直到高中最后一年才终于打上了主力。而佐久间这边呢？他是少儿篮球队出身，自初中起就一直是球队里的王牌人物。他性格强势，统率全队，虽然大友当时和他同年级，对他却抱有近乎崇拜的情感。

"输得漂亮……这种话也只能在学生时代讲一讲了。进入社会后，很多时候一旦输了就算完了。"强势的前王牌这样说道，倒是很像他这个年纪轻轻就在一家新兴企业当上部长的人该说的话。

"或许吧。"这个观点大友不完全赞同，但却不得不承认。大友置身于检察官的世界，那里比普通民众更无法原谅失败。日本的刑事审判定罪率高达百分之九十九点九。无罪释放，真的就和字面意思一样，是"万一"的事。碰上这种情况，对一个检察官来说，是足以葬送前程的致命失败。

菜端上来了。是开胃菜。海鲜春卷配番茄酱，熏鸭肉。

"我作为介绍人不该这样讲，不过你真愿意啊？你父亲如果住进去了，你就少继承了一大笔财产。"

佐久间叉起乳白色的鸭肉，改变话题谈起了这个。

森林花园的入住费用将近三亿日元。一旦决定入住，父亲恐怕需要处理掉手上大部分的有价证券和不动产。

"嗨，我压根儿也没想要。"大友道。

父亲如果能给自己留下财产那当然好。不过大友还是觉得父母的钱用在父母自己身上是最好的。

"不愧是当检察官的料，德才兼备。"

"哪里。"见佐久间调侃自己，大友只得苦笑。

"对了……"佐久间像是想起了什么，"当初说不让逃票的也是你吧？"

大友一时间没能理解对方的意思："逃票？"

"就是坐列车去集体旅游的时候啊。"

"哦。"被提醒过后大友这才回想起来。这段记忆并不如最后一次传球那般鲜明。那是更早几个月前的事了，当时是高三的夏天。

篮球队每年夏天都要在偏僻的深山里组织一次旅行。集合地点就设在旅游目的地，距离它最近的一站是个无人值班的车站。球队顾问每次都开车先行出发，而学生们则乘坐列车前往。通过逃票的方式到达目的地是篮球队不为人知的传统。

然而这样的传统却让大友产生了负罪感。所以当大友终于熬到最高学年时，他说出了自己的看法。

"我觉得还是规规矩矩地买票才好，不是吗？铁路公司是花了成本让列车运行的。我们都还没走上社会，生活全靠父母，却把这种践踏他人辛勤劳动的行为称为'传统'，还给予肯定，这绝对不行。我享受了服务，也会支付相应的报酬。"

他也明白这番话或许会破坏队内气氛，但相比之下，负罪感更为沉重。

幸运的是其他队员也都对大友的提议表示赞成，篮球队的传统陋习就此终结。大友隐约记得当时佐久间也支持他说："秀子讲得没错。"

"你那时候就是规规矩矩的了。"佐久间的脸上露出微笑，"基督徒的教养就是不一样吧。"

在日本只要提到基督徒，似乎就给人以品行端正、严肃认真的印象。这恐怕是因为这些人只占日本社会的极少数吧。可基督徒里也有不守规矩的人，欧美的基督教区域内也不一定就治安很好。

"也不是那么回事。我们家里我爸也没那么虔诚，我更是个信仰跟生活不相符的假基督徒呀。"大友此言并未掺假，是他的真心话。

他自觉容易被旁人看作严肃规矩的人，但对于身为虔诚信徒这一点则没有自信。

他在基督徒家庭里长大，自幼便受了洗礼。读初中时他收到了父亲赠送的《圣经》，直到现在，如果遇到什么无法解决的问题，他也常常会翻一翻。《圣经》里的一些话也给他很深的感悟。但是，仅此而已。

哪怕他把《圣经》当作格言语录一样去读，他还是认为写在里面的所谓事实几乎都经过了加工。他自然觉得跟创造论相比进化论更为正确，对耶稣被钉在十字架上后又复活的事不可盲信。《圣经》中记述的是故事。他很久没去做礼拜了，生活中既感受不到神的存在，也没有奉上过祷告。

大友的生活态度近似于无神论者。大友一家所属的教派，在新教派中亦是崇尚自由主义神学立场的一派，因此他这样的态度也能得到包容。至于自己内心是否真的抱有超越知识范畴、可称之为信仰的东西，大友十分怀疑。

"嗨，不管怎么说，你父亲肯定是个幸运的人。我在电话里也讲过了，如果日常护理成了必需，付费老年公寓就是最好的选择。最好能进那种只要有钱就能让服务内容更充实的高级地方。"

佐久间咬了一口春卷，上面蘸的番茄酱仿佛鲜血一般，接着说道："也有那种花很少的钱就能入住的特殊老年公寓，但眼下到处都是超负荷，几百号人排着队等待入住呢。而且无论是设备、人员，还是服务，都是一分钱一分货，有些地方那环境简直跟收容所似的，里面做的那些事别说护理，都快成虐待了。"

"嗯……"

大友自己没负责过，但确实千叶的特殊老年公寓里也发生过虐待事件。

"家庭护理也得看情况。如果到了无法抽身的地步那就很惨了。越是那种人手不够，没多少人换手的小家庭就越惨。以前还有政客提倡反对护理保险，说那是'家人之间相互照顾的日本美德的缺失'，简直是开玩笑。家庭护理才是对日本的诅咒。我见过太多因为在家看护老人而精神崩溃的妻子和女儿。这话在你面前说可能不大合适，发展到最后，杀人或者自杀的也不在少数。"

"护理保险不就是为那些人准备的吗？"大友问道。

六年前的二〇〇〇年，日本就开始施行护理保险制度^[1]了。

佐久间哼笑了一声。

"很遗憾，护理保险并不是一个助人的制度。护理保险把人分为两类：给予救助的和袖手旁观的。"佐久间将剩下的春卷送入口中，嚼碎，又继续道，"国家实行护理保险制度的真正目的，是把一直处在灰色区域的'护理'业务拉进商业舞台。你知道现在六十五岁以上的老龄人口占日本总人口的百分之几吗？"

"不知道。"大友摇头。他想既然说是老龄化，那肯定是不少，但具体数字并不知道。

"大概百分之二十。五个人里就有一个，总数是两千六百万人。"佐久间如是说，听上去也确实是了不得的数字。

"眼下日本正面临着人类社会从未经历过的老龄化。十年来经济停滞，税收也没增长，社会保障费用却上涨到二十兆以上。这里面几乎全是老年福利和社会老龄化所造成的需求。而且这才只是开了个头而已。因为不远的将来，曾被称作'团块世代'^[2]的一辈人，这个数量难以想象的群体即将成为老人。

"如果放任不管，用不了多久，这个国家的福利制度就要被老人吃垮，成为空壳。医疗保险制度崩溃，医院沦为收容瘫痪老人的机构。哪怕你是急病，也有可能因为医院都挤满了老人而看不上医

[1] 护理保险制度：日本社会福祉制度之一。独立于医疗保险制度。年龄在四十岁以上的公民均有缴纳义务。个人缴纳金额和国家负担金额比例为1:1。日后如果需要涵盖在保险范围内的护理服务，个人只需支付服务总费用的10%。

[2] 团块世代：1947 至 1949 年间（战后日本第一次生育高峰）出生的人。

生。其实，在医院数量偏少的地方城市，这种现象已经发生了。

"为应对这种情况，厚生劳动省成立了'高龄人员护理对策总部'，这才构思出了护埋保险制度。

"在那之前，着重于医学治疗的'医疗'和着重于日常陪护的'护理'一直被混为一谈，护理保险制度分割了二者，并以社会福利保障的名义向国民征收护理保险金。将这笔资金当作本钱，让护理行业在市场规律的引导下独立发展，这就是政府心里的如意算盘。就这样，护理资格审查制度匆匆上马，面对像我们这样的营利企业的招商引资也得到鼓励。说白了，就是把老年人的福利保障当成生意外包给民间企业了。这才是护理保险的目的。"

大友作为一个外行人，无法判断佐久间这番话的真伪，但他从中感觉到了现实的味道。

福利保障的外包，作为其财政来源的护理保险，当然这其中会涉及权钱交易和权力界定。社会制度逐步改革的同时，还能扩大地方财政收入。先不说这样的做法的好坏，但这的确像是体制内的人才有的思考方式。身为体制的一分子，大友也明白其中的道理。

"在护理保险的介入下，护理成了一门生意，被置于资本的规律范围内。换句话说，想获得帮助，必须得有钱。

"理论上说，如果使用护理保险，个人支付一成费用即可享受护理服务。但实际上它并不像医疗保险那样可以无条件利用。它有条条框框的限制，有时候并不能保证使用者一定能享受到其必需的某些护理服务。

"结果就是，为了享受充分的护理服务，人们不得不自费负担护理保险范围外的所有费用。实际上，几乎所有收费养老院都在提供全自费的服务项目。这样才能享受更全面、更优质的护理。它们不受保险制度的约束，经营状况也很稳定。

"像森林花园这样费用动辄上亿的地方固然稀罕，可但凡环境清洁、服务内容相对周到的养老院，怎么也得两三千万。

"只有花得起这个钱的富裕阶级才能进入安全地带。就像你父亲这样的。"

"安全地带"，这个词听上去让人觉得别扭、堵得慌。不过大友没说什么，只是点着头夹了片鸭肉，吞咽时耳朵深处有轻微的疼痛。

"最近总提什么阶级差距，其实这世上最赤裸的阶级差距就体现在老人身上。尤其是需要护理的老人，他们的差别是冷酷无情的。有的老人身处安全地带的高级老年公寓，生活中享受着无微不至的照顾；有的老人却因为过重的护理负担而家破人亡。

"嘿，护理保险制度落实了，家人之间相互照顾的日本美德也存续了下来。就现在，有多少家庭的人因为护理问题而精神崩溃或抑郁……"

佐久间滔滔不绝地说着这些行业内的严酷现实，听上去却像是在聊着什么愉快的话题。

大友的耳朵深处在疼痛的同时，还开始了轻度的耳鸣。晚餐过半，疼痛和耳鸣的隐隐不适一直在持续，仿佛在和佐久间的话语共振一般。

回家的时候大友没走高速，因为路况报道说八王子收费站发生了严重的交通堵塞。他沿着甲州街道一直往东开。秋意正浓，道路两边的银杏树上满是金黄的叶子。

大友手握着方向盘，心里回味着佐久间的话语。他意识到了"护理生意"这个词组里的不和谐，尽管佐久间使用它时仿佛理所当然。"护理"和"生意"，这两个本无交集的词汇被捏合在一起，让人感到四不像似的诡异。然而对于这个正面临高度老龄化的国家来说，或许有着不得不弄出这种四不像来的苦衷。

晚餐时的不适还些许残留在耳中。

自打小学时得了中耳炎，这就成了大友身体的一个记忆。中耳炎本身早已治愈了，可耳朵深处却时不时地不舒服，被疼痛和耳鸣纠缠着。

不适的程度时有差别，但几乎都是忍忍就过了，也并没太大的负面影响。它反倒成了一个内心状态的客观指标，一旦感到不适，似乎就是大友正遭受某种心理上的压力，比如在校篮球队那段时间里，每当逃票时他的耳朵就不舒服。

出现这样的症状，就代表他听佐久间谈过护理行业后，内心感觉并不舒服。

从市中心出发朝自家所在的松户区行驶，在六号国道上，一辆印有森林公司商标的面包车从对向驶过。时间已过晚上十点，那应该是在执行夜间的上门护理服务。

森林公司通过电视广告大肆宣传的卖点，正是三百六十五天二十四小时不间断的上门护理服务。听佐久间讲，去年森林公司已跻身护理行业市场占有率首位。

"阶级差距就代表金钱差距。在日本，老年人的阶级差距最大，最有钱的也是老年人。

"日本的个人金融资产总额为一千四百兆，其中四成以上被六十五岁以上的高年龄层独占。国内有这样一大笔钱，经济却一直低迷，就是因为资金流动不通畅。老人是不花钱的。所以，像我们这样的企业还有一个作用，就是吸收这些死钱投入市场循环。"

佐久间一边用筷子从主菜 XO 酱排上剥肉，一边高谈阔论。话题已经转成了森林公司的护理事业现在有多红火。

"我们的目标，是吸收所有集中在老年人群里的财富，独占这块市场。护理是一个可预见成长的朝阳产业，很多投资家都在关注。事实上，只要我们扩张业务，股价就会上涨。等股价涨到烫手，再用它收购业内其他企业，业务规模就更庞大了。这样一来股价又会上涨。循环往复，总有一天独吞整个市场。等到那一天，随之而来的利益将无法估量。"

伴随着 XO 酱的香气从佐久间嘴里喷出的这些话语，仿佛来自一个信奉千禧年主义的末世论者的说教。

大友觉得这也符合佐久间好胜心强的性格，但又有种说不上来的跋扈。

他觉得学生时代让人感到可靠的佐久间，如今变得有些危险了。

独占这块市场。无法估量的利益。

这是一个肩负着护理这一社会福利制度的企业该追求的吗?

那些坐在刚才驶过的面包车里的一线护理人员,对于公司这样的打算有所知晓吗?

带着这些毫无头绪的思考,家已出现在大友视野里。单位提供的这座老旧洋房,眼下只有餐厅的窗户透着温暖的灯光。一定是妻子玲子哄睡了女儿,正读着书等待大友回家。

大友下车后不经意地抬头,看见了特征明显的三连星。围绕着这三颗星,还有在外围勾勒出四边形的四颗星。

猎户星座。

这恐怕是最广为人知的冬季星座了。

海神波塞冬的儿子奥瑞恩是个擅长狩猎的巨人。他被称为英雄,可性格却十分暴虐,是个难以掌控的莽夫。守在猎户座旁边的是大犬座,它拥有一颗名为西里乌斯的一等星[1],这和曾追随奥瑞恩左右的猎犬同名,它的脚下是被当作猎物的天兔座。

位于猎户座右肩的红色星体是猎户座 α 星,这颗一等星是冬季大三角的一角,但也是颗不稳定的红超巨星,有预测在不远的将来,它将发生超新星爆炸乃至消失。

高傲的巨人在漆黑无云的夜幕里,发出近乎虚幻的光。

---

[1]　即天狼星。

★

"他" 二〇〇六年 十一月四日

同日晚上十点二十六分。"他"驾驶一辆白色轿车，停在 X 县八贺市某住宅区计费停车场内。

熄火后，"他"从上衣口袋里掏出一个类似便携收音机似的机器，撩起白色长发，塞上耳机。

屏气凝神，耳机里什么动静也听不见。情况得到确认后，耳机被拔了出来，机器也被重新塞回口袋。

接着被打开的是手套箱。一眼瞧去，那里面并无特殊之处，但有个简易的抽拉底板，抽开之后便露出一个黑色单肩包。

"他"拿上单肩包下了车。

没有云的遮挡，天上的星星看得很清楚。即便他全然不懂星座，也一眼就认出了猎户座。

"他"来到停车场正背面的一处民宅。

白铁房顶，石灰墙壁，门牌上的"羽田"二字已经斑驳。

"他"知道。

这家的主人名叫羽田静江，七十七岁，是他接下来要"处置"的目标。她跟女儿和外孙住在一起，但现在女儿带着外孙上班去了。声音的确认是为了以防万一，不过看样子家里的确只有静江一人。

"他"泰然自若地走进院内，仿佛自己就住在这里，随即绕到房后，打开后门进去了。

"他"知道这家人哪怕夜里也没有锁后门的习惯，就跟这附近的很多居民一样。

潜入家里之后，"他"穿过厨房，走向静江所在的房间。

房间的门被缓缓拉开。原以为静江已睡着了，躺在床上的她却睁着眼睛。因为失智症而导致昼夜感觉模糊的情况并不少见。

再仔细一看，静江是被皮带捆在了床上。"他"的包里也装了用来捆绑手脚的毛巾，不过今天看来是没那个必要了。

静江茫然地抬眼看"他"。

"老头子？"静江招呼"他"道。

是因为过世的老伴长得像"他"吗？或许跟"他"一样满头白发吧。

"不是。您丈夫早已去世啦。"

"他"缓缓说道。

短暂的呆滞过后，静江的脸色变了。

是不是听到那话之后，她才意识到自己的丈夫早就死了，又不知道眼前的男人是谁，由此而陷入混乱了呢？

"你是谁？"静江怯生生地问道。

静江虽与"他"见过好几面，但似乎并未认出来。她时常连自己的女儿和外孙都认不出，又何况眼下呢。

"他"并未再介绍自己，而是朝静江走去。

"你……你到底是谁呀？！"

"他"在静江身边屈膝跪坐，用手指抚摩着用来捆绑她手脚的皮带。

"有了这些，倒是让我省了不少麻烦。很快就结束啦。"

"他"从包里取出一根小而细长的针管，抵在了静江左肘内弯处。那是注射器。针管里满是深褐色液体。

针头陷入褶皱和褶皱之间，刺进胳膊。

"啊，啊，啊？！"

"他"并不理会不知所措的静江，推动针管。指尖动作一如机器般精准。

注射。

那诅咒般的液体注入了静江的肉体。

静江完全无法理解眼前发生的一切，满脸茫然的表情，数秒过后，身体开始剧烈痉挛。

"哦！哈——嘎！"

她大张着嘴巴，抖动着被捆绑的手脚。静江的痛苦反应并未持续多久，她就如断了线的木偶般整个身子在重力作用下陷进床里。

"啊……"

静江呻吟着吐出最后一口气，死了。

房间里只剩下"他"轻微的气息。

"他"拭去静江嘴角的口水，合上了她睁圆的双眼，用脱脂棉球按压肘弯注射处止血。

"他"平静淡然，动作有条不紊。没有动摇也没有表情，如机器一般。

注射的痕迹混在皱纹和色斑中，很快便难以分辨了。

这次的"处置"顺利完成了。

现在再看，静江就像是安详地过世了一样。

"他"来到房间一角，找到衣柜后的电源插座，拔下了上面的小型一转三插头。

插头上并没有接电源线，只是光秃秃地插在插座上，一如房间里日常该有的模样。静江自然不必提，就连她女儿洋子恐怕也不记得什么时候多出了这么一个插头，也不会注意到它今天不见了。

这个看上去再普通不过的转换插头是个窃听器，它可以从电源插座上获得电量，声音可通过电波发送至半径两百米内的范围。

已经没有理由再继续安装这东西了。

"他"将窃听器装进包里，走出了房间。

★

羽田洋子 二〇〇六年 十一月五日

第二天，凌晨一点零七分。出租车在家门口停下，羽田洋子背着熟睡的儿子下了车。

周末去上班的小酒吧夜里十二点半关门，再怎么快到家也差不多要这个时间。

因为正赶上飒太睡觉，所以基本都是打的回家。这段距离走路都行，打车的话起步价就够，但考虑到家里的经济情况，哪怕只这点钱洋子也有些舍不得。但她更不忍心把自己的孩子从香甜的睡梦中叫醒，背着走吧，飒太又太重，最近把他从门口抱到房间都够呛了。

这种时候总有个念头在她心中闪过：如果有男人在就好了。

她并非没打算再婚。

这不只出于对飒太的考虑。虽说年过四十了，她终究是个女人，她也有寂寞难熬的夜晚。她有自信，自己的底子并不差。小酒吧的熟客里也有几个人选，她会主动让他们感觉到这方面的可能性。

可她本身已经带着孩子，再加上那样一个母亲，恐怕就太难了。

带着这些无奈的思绪，她先把飒太放在床上安置好，然后拉开里屋的拉门往里瞧了瞧。

她看见母亲闭着眼睛躺在床上。

母亲已经不分昼夜了，深夜里也常常是清醒的，不过今天看上去睡得不错。

房间里有一丝熟悉的恶臭，应该是母亲睡觉时失禁了。现在把她喊起来太费事，而且也穿了纸尿裤，清洁的事儿就留到天亮吧。现在先睡个觉。

洋子拉上门，卸完妆就钻进飒太正熟睡的被窝里了。

所以那件事她是天亮了才发现的。

早上七点过后，先醒了的飒太看电视的声音吵醒了洋子。是一段儿童节目欢快而吵闹的旋律。

洋子拖着困倦的身子去卫生间洗漱完毕，利索地做好饭团和煎蛋给飒太吃。随后，她去看看母亲房间的情况。

母亲似乎还在睡，跟昨晚看时一样。失智症发作后，母亲的睡眠时间总是很零碎，像这样长时间的睡眠实在少见。她觉得有点不对劲儿，但更多的是难得的轻松。

那就趁她睡觉时解开皮带把下体清理一下吧。

洋子来到母亲身旁，首先松开脚上的皮带，然后是手。当触碰到母亲的手腕时，她吃了一惊。

凉。

准确地说，那不是一个"凉"字能形容的温度，它已经失去了肌肤应有的温热而近乎等同于室温，那种诡异的感觉太过强烈。

然后她才注意到母亲的脸比平时白了许多，也感觉不到睡觉时的气息。

洋子倒吸了一口气。

难不成？

她用颤抖的手摸了摸母亲的左胸。

她发现，那里并未出现本该有的规则跳动。

死了？！

洋子感觉自己全身上下都在冒汗。她带着难以置信的心情去客厅打电话——119。当然，她以为那是自然死亡，所以并未报警，而是打了急救。

接下来的时间，在洋子看来就像是快进了一样。

先是急救队在接到电话后赶来，在卧室通过做心电图确定了死亡。

"节哀吧，您母亲已经过世了。像这种在自己家里突然死亡的情况，必须维持原状接受警方检视。"说着，急救队员就联系了警察。

很快，一名附近派出所的巡警就到了，不一会儿又来了一名身着西装的刑警。警官们检查了尸体和卧室的情况，还拍了照片。

飒太并不知道此刻发生了什么，只觉得身穿警服的巡警上家里来实在稀奇，总想跟人家捣乱，让洋子着实为难。

圆脸的中年刑警看上去人不错，他和善地问了洋子一些问题。

"您母亲昨晚状态怎么样？

"这两三天有什么可疑情况没有？

"最后一次对话时您感觉母亲怎么样？

"这个房间里或者家里少没少东西？家具和物品的位置有变化吗？

"从昨天到今早您都干了些什么？"

在飒太不时的干扰下，洋子木讷地回答了这些问题。

"好，明白啦。您辛苦了。不好意思问了这么多问题。遗体我们检查过了，死亡时间是昨天夜里。那时候您好像还在店里呢。并没有什么可疑的地方，考虑到年龄的话，我们认为是自然死亡。"刑警给出了调查结果。

那就是说，自己昨晚回家后以为母亲在房间里睡着了，其实那时候她已经死了？

"接下来我们会让医生来这里确认死因。不这样的话就开不出死亡证明，也办不了葬礼。哦，对了，如果需要的话也可以顺便替您安排丧葬公司，其实我们警方有常合作的公司，价格十分公道，您看呢？"

警察连丧葬公司的安排这种事都能做，这让洋子感到些许意外，不过她还是点点头听从了那名刑警的安排。

刑警立刻掏出手机联系了法医和丧葬公司。

不一会儿，市内某丧葬公司的负责人和在附近经营私人医院的老医师就到了。老医师和警官们吩咐洋子和丧葬公司的人在屋外等候，开始检查尸体以确定死因和推测死亡时间。其间，丧葬公司向洋子介绍了接下来举办葬礼的手续和流程。

尸检在大约三十分钟后结束，老医师向洋子告知了他判断的死因："请您节哀顺变。令堂看来是死于心衰。时间在昨晚十一点左右。"

"您那时正在外上班，家里并没有人在。"中年刑警在一旁补充道。

"因为是突然死亡，所以我们认为死者去世时几乎没有痛苦。死亡证明我会在明早写好，您方便时可以随时来取。地址就在铁道对面不远处。"老医师递给洋子一张印有地图的名片。

尸检结束，警察和老医师离开后，就剩下丧葬公司的人多留了一会儿，跟洋子商议了下一步的安排。

看洋子是个单身母亲也找不到什么人帮忙，丧葬公司给出了报价最便宜的方案，在家就能办的简易葬礼，并且告诉她如果收来的礼金不够的话，剩下的部分还可以分期付款。

一切谈完送走丧葬公司的人时，已经过了正午了。

本来这时候还有超市的零工要做，但洋子打电话过去解释了情况，请了假。

去便利店买来盒饭跟飒太一起吃完，洋子把孩子放到了DVD机前，自己进浴室泡澡。

一切就像是一瞬间的事。

从早上发现母亲死亡开始，整个过程一下子就结束了。母亲的死的处理过程之顺利简直令人惊讶，就好像早已事先预设好了轨道，洋子只需要回答问题或点头示意即可。

"死"是每个人只能经历一次的特殊事件，但在人口众多的都市里也只不过是再普通不过的平常事。它将按照预设的程序被有效处理，就像洋子在超市里称好熟食卖给顾客一样。

浴缸里温热的洗澡水缓慢地让洋子的身体暖了起来。

紧张得到释放，洋子感到绷紧的肌肉都松弛开来，温暖的血液在指尖流转。

舒服——

已经很久没在泡澡时有过这样的感觉。

母亲死了，地狱终结了。

面部肌肉在不经意间展示出一张淡淡的笑脸。

啊，这下子终于不用再照顾母亲啦，不用再受母亲苛责啦，不用再把她绑在床上啦，不用再给母亲擦洗屁股啦。这下子，终于——

已经，不能再给她擦洗了。

这份突如其来的情愫令她心头一紧。

那是一种隐约的，但又无法忽略的，失落。

母亲的护理是痛苦的，真正的痛苦，令人发疯的，是地狱。她打心底盼着能快些结束。她渴望着这一天的到来，可是……

"妈妈……"

打小时候起究竟重复喊过多少次呢？这句呼唤，已经失去了它的归属。

一滴眼泪从洋子的眼角滑落，滚过脸颊，消失在浴缸里。

★

斯波宗典 二〇〇六年 十一月九日

四天后，下午四点四十九分。斯波宗典驾驶的面包车，正奔走在东西向横跨 X 县八贺市的县道上。

"对了，听说羽田家的老婆婆是今晚守夜？你说这老人一下子走了，她女儿可算解放啦。"

猪口真理子坐在副驾驶的位置，冒出这么一句大不敬的话。

"没有你这样讲话的！"后座的洼田由纪愤怒地应道。

"好好好，我错啦。"真理子根本没放在心上。由纪面露不快地沉默着。

还是老样子，她俩真是性格不合。

斯波手握着方向盘轻声叹息。

这辆车里坐了男女三人，后座跟行李厢相通，里面放有热水器和水泵之类的器材，还堆了一个带把手可搬运的移动式浴缸。

这就是上门洗浴车，用来给在家洗澡困难的老人提供上门洗浴的护理服务。车身上贴有薄膜印刷的森林公司商标。

上门洗浴服务一般是像他们这样，三人一组地奔走于各个客户家庭。

驾驶座上的斯波是组长，负责开车、架设浴缸和器材管理。他今年三十一岁，是三人当中唯一一个森林公司的正式员工。

斯波身边坐着的真理子是护士，负责在洗浴前后检查服务对象的生理数值，预防意外事故的发生。她是个四十多岁的家庭主妇，每周三次兼职。

斯波斜后方，脸色难看的由纪负责协助，在洗浴时打下手。她今年春天刚专科毕业，也是兼职。不过她眼下没有正式工作，全靠兼职的收入生活，几乎每周都是全勤，上五天班。

和这个国家的大多数城市一样，八贺市的人口构成中，老人所占的比例逐年增加，护理服务的需求量极大。今天他们也是从早上开始不知跑了多少家，如今正在返回他们的办事处，也就是"森林公司八贺护理站"的路上。

到了十一月，天差不多这个时间就已经全黑了。大灯照向前方，没有前车也没有对向车。这条路一直很空，感觉就是一条为了修路而修的路。双向四车道，这样的宽度跟实际车流量完全不相称。

"话说回来，羽田女士家也是真辛苦啊。"

他们谈论的，是购买了每周两次上门洗浴的顾客——羽田静江。办事处接到消息，她前两天因为心脏衰竭去世了。

真理子语气轻快地继续说话。

"女儿是半路回娘家来的单身妈妈，光这就够辛苦了，老人家又几乎瘫痪在床上，还痴呆了吧。还是像现在这样说没就没了省事吧。她家那女儿底子也不错，上面没了老人说不定还能再婚呢。"

确实，静江的失智症日渐严重，有时候给她洗澡也是个大麻烦。她女儿一直照顾她，感觉容颜也日渐憔悴了。

斯波心里十分清楚独自照顾失智老人的负担有多重。几年前，上了年纪的父亲到了必须看护的地步，最终是他负责照顾直到父亲去世。他之所以进了这一行，也是因为有当初的经验。

"我说猪口女士！这样的话，你怎么能说得出口？人都已经去世了！"由纪似乎无法忍受，再次爆发了。

"但是我呀，从以前在医院上班时算起，在护理一线干了快二十年了。还真就那么巧，很多护理困难户但看起来又很长寿的老人，刚好就那么一下子没了。"

真理子这市井闲话背后的意思再清楚不过，由纪的面色铁青。

"你该不会想说，那都是家里亲人杀的？！"

"这还真不敢往那儿想。不过，可能性也不是完全没有吧？"

"怎么可能有！还有警察的介入调查呢。斯波先生，对吗？"

"啊？哦，嗯。"忽然被点名的斯波缩了缩脖子答道，"没有医护人员看护的情况下在家中死亡，原则上警方得进行调查，看是否存在违法犯罪的可能。"

斯波的父亲死亡时也是一样，他干这行后也偶尔有客户在家中死亡。极少数情况下也会被警方询问死者生前情况等。不过就斯波所知，到现在为止还没有哪个顾客的死被视作存在犯罪嫌疑而立案调查的。

"听到了吧，猪口女士，我看你是推理剧看多了。"由纪半带责备地说道。

真理子却丝毫不为所动，反而报以一阵大笑。

"哈哈哈，还真让你说中了。我呀，特别喜欢看。而且，想想这些不也挺有意思吗！"

真理子这样的态度终于让由纪愤慨了。

"请你收敛一点！根本没什么好玩的！"

这就是所谓的水火不容。

真理子的专业能力过硬但不够细腻，嘴巴不饶人。用前不久还流行过的说法那就叫任性大妈。这份护理的工作对她来说顶多只是为了挣点零花钱。但这绝不代表她是个马虎的人，凭借长期的经验，她总能有效而准确地完成工作。

另一边的由纪则正好相反，她的工作经验尚浅，动作也还不够利索，但是态度认真，对护理工作抱有某种理想。可能也因为她没有正式工作，要靠这份工作生活，总之，她面对护理工作的态度可谓真挚。

对如此态度的由纪来说，自己前不久还在护理的对象去世，却这样瞎猜取乐的真理子恐怕是不可原谅的。

然而，这样真诚的由纪反而令斯波感到不安。

越真诚的人越容易钻牛角尖，被迫离场。在护理这一行，这是必然存在的现象。

斯波驾驶面包车返回森林公司八贺护理站时，大约刚过五点不久。下车时，他看见了隐约浮现在天上的月亮和猎户星座。

兼职的真理子和由纪的工作就到此为止了，但斯波却还有活儿要干。他要在停车场对洗浴车进行清洗和保养，然后还要给夜间的上门护理人员打下手。

森林公司主打二十四小时不间断服务，员工的排班则是十二小时两班倒。每周三天白班，从上午九点到晚上九点，剩下两天上夜班。表面上看是双休，但由于出勤时间长，所以早超过了法定劳动时间。

进行水泵里的余水抽干作业时，他感到了腰痛。

干这份工作需要经常扛起沉重的移动式浴缸，还有下肢瘫痪的高龄老人，腰痛是常有的事。尤其伴随着最近单日上门服务次数增多，工作更难干了。

今年——二〇〇六年——四月颁布了《护理保险法修正案》，上门服务的报酬被压低了。森林公司总部加重了各营业所的业绩任务以作为应对，结果就导致一线工作的负担更重了。不用说，工资是不会因为这个上涨的。

斯波现在是入职第四年，每月到手工资大约十八万。一个有驾照、有二级看护资格的三十一岁男性，每天还要忍受腰痛和长时间劳动，这样的回报实在太过廉价。

凭借以投放电视广告为主的媒体曝光和一再收购竞争对手，森林公司已经一跃成为业界龙头。董事长和现任总理大臣相交匪浅，在经济期刊等媒体眼里也是被当作时代宠儿般对待。但这样的光鲜亮丽，跟护理行业第一线的实际情况相去甚远。

工资低，工作时间长，体力劳动苦。

据老早就干护理相关工作至今的真理子说，"以前的工作条件比现在要好太多了"。她认为护理保险制度的实行和市场经济规律的引入，加大了工作量却压低了所得报酬。

办事处里走出一名气质优雅的白发年长男性，径直朝停车场而来。

他是这里的站长，团启司。

"斯波君，辛苦辛苦。"团站长招呼正干活的斯波道。

长款黑西装和白发的映衬之下，他的面容深邃而温和。他的外形气质总让人联想到魔法师。西装领口处可以看见他系着的黑领带。

"您辛苦。接下来是要去羽田家上香吗？"

"是。这个月都已经第二回啦。也不知是不是我想多了，总感觉这种事冬天挺多的。"

森林公司下属的护理站在客户去世合同终止的时候，要派代表出席守夜或葬礼。

"咱们自己人说话……她家的女儿，这下子该松了口气吧。"团压低声音道。

他的语气沉稳，跟真理子在车里戏谑的内容却是一样的。

"变成那个模样，也不是羽田女士自己想的呀。我这话是糙了点，不过事情变成这个结果可能还算好的了，不管是对羽田女士来说还是对她女儿来说。"

团属于管理层，但现场作业时他也在一旁打帮手。羽田家的情况他很了解。

"可能……真是这样吧……"斯波神情复杂地点了点头。

当然，并不是所有的护理都这样凄惨不堪。他听说森林公司经营的高端老年公寓就有极高的顾客满意度。即便是家庭护理，愉快安详地过着日子的也大有人在。无数再普通不过的家庭，都在兼顾着家人的护理和家庭的幸福。但是另一方面，生活的和谐因护理的负担而毁于一旦这也是事实。尤其孤立无援或经济困窘的家庭最容易落得如此下场。

团略带自嘲地讪笑着。

"干这一行，就怕上年纪。对斯波君来说，被别人护理是很久以后的事，但对我来说，恐怕就近在眼前了。"

团今年五十八岁，还有两年即将迎来花甲之年。听说他离过婚，现在是孤身一人。

架设在停车场的水银灯照射着团的黑衣和白发。

一阵冷风忽地吹过，像在舔舐停车场的柏油路面。

"有时候啊，还是死了好。"

魔法师般的黑衣男子任白发在风中散乱，说道。

按世间常理来说，这种话或许不该出自护理站负责人之口，但斯波却点点头。

只要置身于护理的世界，谁都能切实地感受到：毫无疑问，人世间有些事唯有一死才是救赎。

团朝着停车场一角的员工专用区走去。斯波上下班开的二手车边就停着团的崭新白色轿车。那是一辆国产高档轿车，团说是两个月前才换的。据说他们那一代人对这个车都有种向往，斯波却不是很理解。斯波认为车只要能开就行，再加上他干的护理工作报酬微薄，全然没有那个花钱的欲望。他就开着那辆低价买来的二手车，能糊弄就糊弄。这种观念上的差异，可能就是所谓的代沟吧。

车门关闭，发出"砰"的一声响。

白色轿车低吼着疾驰而去，向着冬天昏暗的夜。

第二章

咿呀作响　二〇〇七年　四月

大友秀树 二〇〇七年 四月十一日

下午五点二十三分。大友秀树面前的不锈钢解剖台上，没有缝纫机也没有雨伞 [1]，横躺着一个开了膛的老人。

地点是 X 县埜日市郊 X 医大附属医院，地下解剖室。

"死因并非头部外伤，而是那之后勒住脖颈造成的窒息。他是被勒死的。凶手是左撇子的可能性非常高。"

负责司法解剖的医师说明道。

"也就是说……还有共犯。"说话的是 X 县侦查一科刑警。旁观了解剖过程的大友无言地点了点头。

这一年的年初，大友从千叶县调任至 X 县检察厅。熟悉了新

---

[1] 此处指法国诗人洛特雷阿蒙的诗句：恍若一台缝纫机和一把雨伞在解剖台上相遇（般美丽）。

的职场环境后，他负责这起杀人案。

负责协助大友办案的助理检察官椎名在一旁脸色苍白。他二十九岁了，但听说是去年才工作的新人。别说解剖了，就连看尸体恐怕都还没习惯。

解剖台上的被害人名叫关根昌夫，八十三岁，孤身一人生活在县内。昨天夜里被发现在家中非正常死亡。

死于除医院外场所的死因不明的尸体，将作为非正常死亡尸体进行尸检，以判断死因是否与犯罪有关。法律规定尸检由检察厅检察人员执行，实际进行时通常由检察人员和经验更为丰富的警方代理。

一般来说，九成以上的非正常死亡尸体经过警方尸检后，都将被归类为非刑事案件的事故死亡或者自然死亡，或者被认定为自杀。像 X 县这样没有监察医制度 [1] 的地方，非正常死亡尸体的尸检甚至无须解剖，由检察官事后提交书面报告即可。

只有经过尸检被认定"有他杀嫌疑"的，才会通知检察官，并采取对尸体进行法医解剖等进一步调查。

这回就是这样的罕见案例。尸体头部有外伤，家中被盗，明显是入室抢劫杀人。在这种情况下，检察官要尽量出席旁观法医解剖。

县警方等不及解剖结果，已先行逮捕了嫌疑人。古谷良德，

---

[1] 监察医制度：地方行政长官直接任命的负责行政解剖的医师（通常是监察医务院专属医师或医科大学法医学教授）。

二十六岁。是被害人关根的姐姐的孙子，按亲属关系的话应是甥孙。

据查，古谷起先是打着护理照顾的幌子来找关根的。关根因脊椎变形导致生活不便，但又没有愿意照顾他的亲戚，只得勉强过着独居生活。一直没怎么来往的甥孙古谷在这种时候主动露面，让关根很是开心。不过，古谷真正的目的并非看护，而是偷钱。

前天夜里古谷从橱柜里偷钱时被关根逮了个正着，就顺手拿起旁边的座钟砸了关根的头，带着钱跑了。

昨晚被捕后，古谷面对警方审问，如实坦白了事情的大概。

原以为很快就能结案了，但是古谷的供述里好几处都和实际情况有出入。最明显的就是，古谷身上并没有抢来的钱。据他本人说是"太害怕所以扔了"，无论怎么想都不合常理。

他在试图掩饰什么。

就在负责审讯的刑警凭直觉感到不对劲时，鉴定组就得出了案发时存在共犯的可能的结论。

这在今天的法医解剖后也得到了证实。

死者死因并非古谷所供述的钝器外伤，而是被勒死的。

凶手是个左撇子男性（从能够将人勒死这点判断凶手几乎百分之百是男性），钱应该在他手上，而古谷正试图包庇凶手。

椎名一出解剖室就反复地闻自己身上的臭味。

"很在意？"

"嗯，感觉这臭味永远也消不掉了似的。"

旁观解剖时最强烈的刺激并非血腥的视觉冲击，而是臭味。

人在丧命后由肉体深处散发出这种不祥的恶臭，只能称之为尸臭，它就像诅咒一样给在场的每一个人以永不消失的错觉。

"你不是学理科的吗？上学时没做过解剖？"

"我是学数学的，只在公共课上解剖过鲫鱼和青蛙。那跟人可是两码事。"椎名撇着嘴道。

椎名这人也挺怪的，一直在大学里研究数学直到二十八岁。按照他本人的说法，因为"学数学的其他什么也干不了，但是科研职位的招聘又太少"，所以才参加了公务员考试，成了助理检察官。他身高一米八，比大友还高，但体重却只有大约六十公斤。那细长的躯干上顶着一颗总炸着毛的大头，像极了火柴。再看他戴着金属圆框眼镜的架势，说他是搞科研的肯定没人不信。

"古谷以前是暴走族，跟当地那帮不良少年到现在还相互以大哥小弟相称，共犯一定在那群人当中。哼，到时候把这份尸检报告亮出来，不怕他不说。"侦查一科的刑警拿着法医解剖的总结报告，胸有成竹地点头道。

他说的一定不会错。不管哪个县的警察，侦查一科的审讯都极为严苛。一个小混混的谎言在他们面前绝对长久不了。

"明天下午押送，我尽量在那之前让他招了。"刑警对众人说。

根据《刑事诉讼法》规定，警方抓捕的犯罪嫌疑人必须在四十八小时之内释放或送交检察官办理拘留手续。古谷这种情况，自然是要押送到检察厅的。

"明白。"椎名应着，掏出笔记本做了记录。

古谷明天押来后，将由大友负责审讯。助理检察官还得替检察官安排工作行程，职责就跟秘书差不多。在地级检察厅内部，椎名出于经历的关系被视为另类，还被调侃是"小学究"，但在工作上他却绝不含糊。他多少有些死板，不过这个特点带来的效果大多是正面的。检察口还是文科出身比较多，椎名作为一个理科出身的存在本身就可以说是种价值。大友一直觉得自己这次碰上了个好助理。

当天从大学附属医院回到检察厅后，大友和椎名就开始加班加点整理相关材料。

检察官的工作，就是受理一线侦查机关的警方送交的案件，起诉犯罪嫌疑人并将其送上法庭接受审判。检察官依法律规定拥有侦查权，但除了特别侦查组负责的反贪污贿赂和疑难案件外，检察官很少直接参与案件侦查。像今天的法医解剖这样旁观警方侦查的任务有时也有，不过大半的工作还是在办公桌上。

只是这工作量可非比寻常。

相对于现在日本发生的刑事案件数目来说，检察官的数量实在太少。无论哪里的地级检察厅都在愁人手不够，一名检察官需要负责大量案件，几乎没有能正常下班的日子。

这天晚上大友最后也是工作到了九点多，回到单位宿舍区踏进自家房门已过十点了。

宿舍就在 X 市内，位于距离检察厅走路大约二十分钟的一片住宅区里。

跟之前在松户住过的宿舍一样，这次也是一栋老旧的二层小楼，但庭院宽敞，还种了山茱萸。此时正是开花时节，光洁的白色花瓣和月光相映成趣。

还像在千叶时的老样子，妻子玲子正在餐厅读书等着大友归来。

妻子比大友年长一岁，这一年过完生日就三十三了。学生时代二人因为在大学体育对抗赛上当志愿者而相识，大友就任检察官后就立刻结婚了。

"回来啦。"

玲子合上书，接过大友脱下的外套。

大友看到玲子正读的书的封面，铁轨在荒凉的大地延伸，一朵小花开在轨道边。小说还挺有名，以一位基督徒女作家的自我牺牲为主题。

借着跟大友结婚的机会玲子接受了洗礼。这本该只是个半推半就的信仰，可玲子却看了不少书，还频繁地去参加教会活动。跟抽象的神学相比，她似乎对具体的信仰更感兴趣，读书的喜好也说明了这一点。如今看来她所抱有的信仰要比大友这样的人深厚得多。

玲子的一根细长的头发掉落在桌角。发根开始往上大约三分之一的部分已经泛白。最近玲子的头发开始有了星星点点的白，她也定期去美发店染一染。

三十多岁的人，体质不同或许也有早生白发。不过大友觉得这还是来自精神压力。

检察官每隔一到两年就要调动一次，在全国各地辗转。每次都不得不搬家，对家人来说，肯定是不小的负担。

结婚的时候玲子许诺，"不管哪里都跟你去，支持你"，但她本性敏感细腻，不善与人相处。要养育尚小的孩子，又要迁徙到举目无亲的地方，这样的生活其实并不适合她。

若大友能更多地参与家庭生活倒也还好，但工作上又不允许。加班和休息日出勤太多，家务和育儿几乎是全部扔给了玲子。

玲子可能想信守当初"成为一名检察官的好妻子"的诺言，从来没有抱怨过，只能从一些细节上的变化和神态窥测她内心的疲惫。结婚后她潜心信教，可能也是无意识中试图平衡内心的压力。

大友轻轻拭去桌上的白发。

他感到耳朵深处隐约的痛。

"哎，老公，有个事我有点担心。"

玲子将外套挂在客厅的衣架上之后，拿来笔记本电脑给大友看。那是这次搬家时换的新电脑。

浏览器上显示的是报纸电子版页面，一篇题为《东京责令森林整改》的报道。

东京都政府指出，护理行业的龙头企业森林公司存在违反《护理保险法》的现象，责令其办事处进行整改——报道内容大致就是这个意思。

森林公司就是去年父亲入住的森林花园老年公寓的集团总公司。

"这不就是爸爸住的地方吗？我们这里的报纸上并没登这个消息，看来是东京的地方新闻。"

"嗯。"

大友仔细看了报道。违规的是东京的上门护理业务办事处，这次只是责令整改，似乎并没有停业之类的处分。但是报道中还补充了一点：《护理保险法》中有连带责任制的相关规定，一处违规即可处分整个企业，事情的发展还得看森林公司接下来如何应对。

"确实有点不放心。明天休息时间我打个电话吧，问问向我推荐森林公司的朋友。嗨，父亲那边肯定没事的，你不用太担心。"

大友不想让玲子再有无益的操劳，有意让语气更轻松一些，随后就把页面切换到了天气预报。父亲为入住森林花园几乎用尽了全部财产，事态其实并不乐观。

"真的……？"

玲子的表情隐约透露出不安。她的耳朵后面能看见一根白发。

天气预报说明天晴间多云，傍晚有雨。

大友耳朵深处的疼痛又重了一些。

★

佐久间功一郎 二〇〇七年 四月十二日

第二天，上午八点四十八分。佐久间功一郎——综合护理企业森林公司营销部部长——正对着手机说话，并注意尽力让自己听上去泰然自若。

"对不住啊，叫你担心了。不过没事的。接下来那些杂志什么的可能也会报道，但你别往心里去。我们公司扩张太快了，更容易被针对。说实在话，这种程度的违规到处都有，我们接受指正，也正在合理整改。就算万一真的受了什么处分，那也只针对个别办事处，不会影响整个公司的。"

两天前，东京某办事处因存在违反《护理保险法》的现象，被市政府责令整改。昨天，东京的地方报纸花了大量篇幅对此事进行报道。

这让位于六本木的森林总部从早上开始就像捅了马蜂窝似的混乱不堪。此时佐久间正坐到办公桌前打开邮箱，编辑将要发给各营业所的邮件。

"是吗？可如果被追究连带责任，就不光是个别营业所，而是整个企业都将遭受处分吗？"

电话里传来怀疑的声音。是大友秀树。

"连带责任？条文里确实那样写的，但现实中不可能。一旦我们停止业务，那整个业界都要大乱。当然也给顾客造成困扰。说实话，厚生劳动省也离不开我们。你也知道，我们董事长还是经济团体联合会的理事，那边也会替我们疏通。"

"……"

"怎么了？"

"有时候为了清理问题，哪怕有风险也要杀一儆百……"身为检察官，站在维护社会正义立场的男人开口道。

"明白了。谢谢你的忠告。但是，你小子完全没必要担心。我也说过了，你父亲住的那种高级老年公寓是安全地带。那儿本身也跟护理保险没多大关系，也不存在现在闹的违规问题。经营状态更是良好。就算森林公司倒了，你父亲住的森林花园也能存活下来。你就放心吧。"

"是嘛。"

大友的声音像是在自言自语，怎么听都不像是释然的样子。

"不好意思，我这边因为这件事已经一团乱了。等这阵子忙完了再一起吃饭。"

说着佐久间几乎没等对方回应就挂断了电话。还好是手机，如果是座机他可能就把话筒砸下去了。

大友可能看到了关于责令整改的报道，出于担心打来了电话。但在佐久间看来，大友的操心完全是杞人忧天。

电话里他也说了，大友的父亲入住的高级收费老年公寓跟这次的责令整改没有任何关系，哪怕森林公司没有了，那里也绝对是被保护的对象。

像大友这样身处安全地带的操心，完全就是装装样子。

那小子从前就那样。

真是看不惯。

大友恐怕不知道，佐久间是这样看自己的。

佐久间和大友相识是在大约二十年前，他在初高中连读学校的初中篮球部里打球的时候。当时他对大友的印象并没有那么坏，又是同年级的队友，相互间交往也还好。大友那小子篮球打得不行，一直是后补，但其认真练习的态度反而让人抱有好感。得知他是基督徒后，才恍然明白这才是他态度的来源。

开始看不惯大友是在升上高中后、青春期也快结束的那段日子。

大友那刻板的态度和稳健的风格渐渐让佐久间心生不满。最初那些因大友对篮球的付出而生的好感，也因为大友赢得了首发资格而丧失殆尽。

真正意识到自己跟大友之间的隔阂，是因为高三集体旅行时，大友出言阻止年年传下来的逃票传统。

享受服务就该支付相应的代价——大友的主张不光是自说自话的正义感，而是基于社会规范，有那么点成年人的味道。队员们都是这所被视为名门的私立学校出身，这句话似乎隐约刺激到了他们的自知和自尊。这群人当中没有一个人会因为花两千块钱坐一趟地铁而犯愁。他们也开始觉得付费才是正确的了。

有人开始声援大友，他占据了大势。

佐久间是识趣的，他也应和了一句"秀子讲得没错"，但眼前发生的一切却让他感到难以置信而不悦。

他自己也说不上来为什么，或许能够大胆主张"正确的事"的大友，还有那帮表现出只有听他的才是明事理的家伙，都让他厌恶得不行。

你小子凭什么信誓旦旦地宣扬"正确的事"？

你们为什么那么轻易地顺从"正确的事"？

我们是那么完美的人吗？

十八岁的佐久间第一次真切地有了这种感觉，那就是"正确的东西令人厌恶"。

当时他无法反驳，若是现在他可以断言：大友的话是伪善。

在能逃票的地方逃票，那是理所当然。

这个世界就是这样的。佐久间所在的这个追求时间和精确的行业更是如此。

逃票的人没有错。要怪只能怪把车站做成无人检票的铁路公司考虑不周。明明可以逃票却不逃还满口大道理的人，是伪善者，是傻子。

当初的佐久间，只能臣服于大友的正确言论。他隐藏了自己的不快，装出一副朋友的样子。

大学里二人都是法学专业，佐久间将主要精力放在社团活动和享受大学生活上，而大友则以学业为主目标拿下司法考试，于是就此疏远。当时还没有法学院，私立大学的法学专业学生参不参加司法考试，意味着他们的大学生活哪怕在同一所学校也天差地别。

二人只有在选了同一门选修课的时候才碰面，可哪怕是这种为数不多的接触当中，大友也有叫人看不惯的时候。

现在还留有印象的一件事，是在大三的法律哲学课上。

当时发生了一件事，神户某初中生连续杀伤数名小学生，震惊了整个日本。那年夏天，某时事新闻类节目组织了一次讨论，一名高中生提出这样一个问题："为什么不能杀人？除了不想被判死刑之外，我想不到其他任何理由。"作为讨论嘉宾被邀请到节目上的学者们，并没能给出使提问者信服的答案。

上课时，老师要求学生讨论应该如何回答这个高中生的提问。

一开始，有人提出应该从最基本的规范意识和道德心当中寻找答案。

"因为人的生命最宝贵。"

"等到为人父母的那一天一定会理解。"

"对这种不言而喻的道理，不应该抱有疑问。"

但这些答案难以成为具有说服力的普遍真理。

"人的生命凭什么宝贵？"

"如果永远是孤身一人，是不是就能去杀人了？"

"不去怀疑那些不言自明的道理，只不过是懒于思考。"

反驳的话要多少有多少。

渐渐地，讨论内容终于有些法律哲学的意思，开始论述起社会禁止杀人的合理性来了。

假如一个社会里每个人都可以自由杀人，那就像"人人互相斗争"这句话所描述的一样，将出现一个极为残酷的"自然状态"。在这样的社会中人们无法安心生活，这样的社会集团也无法有效地维持。所以为了社会的维持和存续，有必要通过法律体系的支配来禁止杀人等加害他人的行为。社会持续至今，生活在其中的每个人都享受了法律体系的恩惠，顺从它也就成了必然——社会的存续基于人与人之间缔结的契约——讨论集中到了"社会契约论"的点上。

佐久间在参与讨论的过程中，内心愈发感到讨论的荒谬。说到底这些不过是把"因为法律禁止，所以不能杀人"这句话更严谨地表述出来而已。这种东西恐怕无法回答那名高中生的疑问。他所追求的是不想被判死刑之外的理由，也就是法律呀、刑罚呀这种约束力之外的理由。这样的问题，没法回答。

那是当然了。人不可以杀人本就没什么明确的解释。

佐久间以为自己居高临下，结果还是大友泼了他一头冷水。

"我认为那个高中生的问题或许并不是想追究法律体系如何。如果我在场的话，恐怕顶多只能这样回答——"大友先说了句开场白，紧接着开始了他的回答，仿佛那名高中生就在当场似的。

"你的问题自古以来就一直被追问，至今为止也没有一个能让所有人信服的回答。如果有这样一个答案，那么这世上也就没有杀人这回事了，可惜现实情况是几天前神户才发生了那样的凶案。不过有一件事情是肯定的，大多数人都有一个共识——人不可以杀人。这与法律无关。

"人类在产生人权或者生存权之类的概念之前就已经有了这种想法。自古至今，无数人互相残杀，同时又尽量避免杀人，帮助和保护人。人类的历史是相互杀戮的历史，同时也是协调和融合的历史。人并不会因为不存在法律而立刻开始杀戮。即便没有法律的禁止，人对于杀人行为也抱有强烈的负罪感。

"我觉得这才是人所具有的本源性的善。人类这种生物就是认为'人不可以杀人'，并不需要什么道理。比如即便没有人教，美丽的花在人的眼里还是美丽。听到和声的旋律就觉得舒服，面对黑暗就感到恐惧。这些都没有道理。人就是这样，天生就会这样去感受。同样的道理，即便没有人教，人也知道慈悲待人、友爱待人、人不可以杀人。人所谓的伦理，都是在这些天生的善性的基础之上发展而来的，我是这样认为的。

"这样的善性你内心深处也有。为什么呢？因为如果不是这样，你就问不出'为什么不可以杀人？'这样的问题。"

大友的意见涉及社会契约论没能充分解释的部分。人把禁止杀人当作维持社会存续的契约，这是后来人补充的解释。人类社会形成的历史中，并没缔结过那样的契约。从这个观点出发，也可以说社会契约论只是一个思想层面上的实验。而在伦理和道德层面上，确实存在大友所说的这种直观性、先天性的领域。

班上过半的学生都肯定了大友的意见。身为伦理学专家的教授也给出评价说："就像柏拉图的理念论、康德的绝对命令那样，尝试去探索人类共通的根本意义上的真、善、美是很重要的。"

佐久间却感到强烈的抵触。

什么玩意儿？

到头来还不是满口空话吗？说白了就是"不行的事情就是不行"，只不过在玩同义反复的花招，跟什么都没讲一样！

你小子凭什么大言不惭地把那种东西说成无比正确似的！其他人怎么还去认可！

但表面上佐久间却没有和大友唱反调，而是装出赞成他意见的样子。和旅行中的逃票事件一样。表面上，他臣服于大友的"正确"之下。

现在想起来，那应该是自卫本能无意中做出的判断吧。

自篮球队时期开始，佐久间在面对大友时就有优越感，认为自己更好。他也确实感觉到了大友对自己的仰视。

如果去反驳这样的大友又失败了，那将是最坏的结局。自己的自尊心将遭受重大打击。

佐久间一直在付出些许的忍让作为代价，换来的是对最坏结果的回避。

在大友眼里，这样的佐久间应该属于"一直保持着距离，但仍然是个好朋友"。去年年底他忽然联系佐久间就是证据。他完全没有任何踌躇。

佐久间听了大友的咨询，心里产生了强烈的借机利用对方的想法，向他推荐了高利润率的高级收费老年公寓。当然他自己心里也的确认为如果不缺钱的话，那里将是最好的选择。

时隔多年再次与大友对话，佐久间觉得大友还是跟从前一样让人看不惯。

关于篮球队时期的记忆，大友印象深刻的并非自己凭借"正确性"让其他人屈服并放弃逃票的事，而是输掉了最后一场比赛。他竟称之为"输得漂亮"。他还是老样子，一副伪善者的嘴脸。不，成为检察官之后，他或许比以前有过之而无不及。

这世上不存在"输得漂亮"这回事。把那场比赛里的长传视为打得最好的一次，纯粹是笑话。

因为那并不是一次传球。

抢到篮板后，佐久间并没有注意到大友在往对方篮下跑。他只不过是因为没时间了，用力把球抛向对方的篮筐而已。又只不过那一掷没有控制好角度，碰巧落到了大友奔跑的方向。大友连这些都没弄明白，就那么怀旧地沉醉在回忆里的模样实在滑稽。

一起吃饭时，佐久间跟他聊起护理行业的内幕，也发现大友的眼角露出了一丝忧郁。

自己的感觉没有错，这小子根本不了解真相，不过是个拿"正确性"当幌子的伪善者。

可能受这种情绪影响，佐久间爆发了。他谈的都是自己任职的森林公司是多么前途无量的企业、有朝一日它将垄断护理市场这些事。

像大友这样的伪善者，对于护理在经济规则驱动下运营的现状，一定会感到近乎不快的异样——这样一想，佐久间就说得更欢快了。

说归说，有些东西他却刻意避开了。比如说自二〇〇六年《护理保险法》被修正过后，森林公司的经营就陷入赤字，股价也转而下跌，扩张前景也开始不甚明朗，并且全国各处营业所都逐渐开始了违规操作。

佐久间不曾说出口的违规，也就是森林公司一直对社会隐瞒了的违规操作，如今被公之于众了。大友又会怎么想呢？

浑蛋！

佐久间感觉烦躁的情绪正在心口被过滤，一点一点地落入腹腔。他不知道这些烦躁当中因大友而起的部分占百分之几。哪怕没有大友，自己这几天为了应对外界的声音，也几乎没有睡眠，一直很烦躁。

事情的开始就是在去年年末，正好是大友的父亲入住森林公司下属高级老年公寓之后不久。

国内规模最大的报社在其报纸的东京版上直接点名森林公司，报道它位于东京的营业所存在违规操作的嫌疑。

公司第一时间进行否认，事实却是护理行业内的违规操作正在蔓延，森林公司自然也不例外。因为在能逃票的地方就应该逃票，这是理所当然。

结果是，由东京都发起的监督活动自去年年末持续至今年，前天给出了结论，指出确实存在"护理报酬的违规虚报"和"营业所资格的违规取得"两个违规现象，责令整改。到了这一步已经无法继续否认，公司的态度大变，开始承认事实，甚至还向当初的报社赔罪。

这次接到责令整改的公司另外还有两家，却只有森林一家的名字被摆在了台面上。也不知道是因为被点名报道质疑过，还是因为在电视广告等媒体上的曝光度最高，恰巧又是最知名的公司。

为什么会变成这样？

公司内部一下子慌了。

这是卸磨杀驴啊！

有人这样说。佐久间也这样觉得。

现在违规行为被曝光，也就是说他们确实存在违法，再想找借口就太难了。若站在当事人的立场去看，情况又完全是另一回事。

护理保险制度落地之前，政府的人画了一张鲜美无比的饼。"今后需要护理的老人数量将直线上升""在这个国家里护理绝对是朝阳产业""护理具有绝对的商业前景"——这些"利好"信息通过或明或暗的渠道传播开来。护理产业的入门门槛等同于无，以森林公司为首的大量企业选择了投身其中。

一开始的几年确实是有利可图的。森林在护理保险制度落地翌年的二〇〇一年就实现了盈利，之后的业绩提升也同样顺利。佐久间被调到森林公司也正是那个时候。跟大友提及的连环扩张计划也确实存在过。包括兼职在内的护理职工的工资虽算不上高薪，但至少维持在"还不错"的水准。

官僚们很快就暴露了本性。不，或许该说他们是蓄谋已久的。

护理企业获得大幅盈利不久，上面就进行了令人难以置信的制度改革。支付给企业的护理报酬被降低了。

在那些官僚看来，有利可图就意味着有调整的余地，出于预算的考虑进行削减似乎成了理所当然。问题在于不管它是社会福利还是什么，既然民间企业将它当成生意来做，没有利润就等于无法周转。

自己开设赌场，一旦发现玩家开始赢，就更改规则不支付筹码——从企业的角度来看，官僚们的手法就跟无赖庄家没有两样。

进军护理行业的企业，尤其像森林公司这样在全国范围内开展业务的企业，都进行了巨额的前期投资，拥有大量从业员工。它们不可能因为规则改变就轻易撤退，那么只能尝试在新规则下继续生存。

从森林公司开始，护理企业纷纷进行人工费和业务经费的压缩和高效利用，以弥补被削减的报酬部分，确保盈利。如此这般挤出了利润，下一次制度改革时报酬再度被削减，利润又被抹平了。

正因为这样的情况一再重复，工作在一线的员工的待遇才不断恶化。企业的经营状况也是同样一蹶不振，终于在《护理保险法修正案》出台之后，森林公司也陷入了赤字。

违规操作的出现，其背后首先有着这样令人无奈的制度改革背景。

此次东京都指出的"护理报酬的违规虚报"和"营业所资格的违规取得"，森林公司确实做了。不光是东京的营业所，全国的营业所都在做着同样的事情。其实可以说正是制度本身造就了这样一个不违规就无法存续的行业。

比如这次被提到的"护理报酬的违规虚报"，大部分情况是一线护理人员在顾客的要求下实施了护理保险对象范围外的服务。这无论如何算不上是恶意。如若是正常的商业种类，这些还属于企业奋斗的范畴，究其原因还是在于几次三番被肆意更改的制度本身。

而且就像很多人推测的那样，护理人员的工作强度是很大的，无论是肉体还是精神都承受了极大的负担。再加上护理报酬一再削减造成了他们的待遇不断恶化，这样的职场又怎么可能吸引到人力？整个护理业界都受到这种慢性的人手不足问题的困扰。

《护理保险法》规定了营业所从业人员的最低标准，但不少地区就连这最低标准都难以维持，更别说几乎所有营业所的员工体制都几乎在崩溃边缘了。如果那些营业所里有人退休了会是什么结果？实际上也确实有员工退休了。当然不可能立刻找到新员工进行补充，只能暂时以人员不足的状态继续营业。就这也被指责是"营业所资格的违规取得"。

这两种违规现象蔓延在整个行业内，厚生劳动省的官僚中也有人是明确知道的。他们肯定也理解造成违规的原因是护理保险制度所致，所以为了维持行业的稳定而一直默许了。

但是——

违规现象被曝光了。

为了清理问题，哪怕有风险也要杀一儆百。

佐久间的双手在键盘上敲得噼啪作响，方才大友说过的话还回荡在他耳边。

真是太像他会说的话了。伪善者成了检察官，获得了社会正义的免死牌就有恃无恐了吗？

别瞎扯了！

但是，现实中抱有大友这般想法的公务员还有很多。

据说，这次的整改并非来自厚生劳动省，而是东京都的负责人坚决主张的。

面对反应极其迟钝的厚生劳动省，东京都政府忍无可忍，单方面强制执行了全面监督。好一个"为了清理问题冒着风险杀一儆百"。

监督结果是责令整改，但没有具体的处分措施。而且整改并非全国范围内，而是只局限于东京。虽然电视等媒体有所报道，但见报的只有东京地区。也就是去年年末曝光违规嫌疑的那家报社，花了一整个版面进行报道。

影响并不小。现如今地方新闻也能通过网络扩散至全国。这不已经传到了今年已搬到 X 县的大友耳中。

而且，虽说只有一家媒体报道，但算是被大牌报社盯上了，这也着实令他头痛。

要论识时务，官僚们绝不落人后，东京都执行监督后，他们彻底转变了态度。听说接下来厚生劳动省将要主持全国范围内的监督活动了。

佐久间在跟大友通话时进行了否定，实际上他听说按连带责任制对总公司和所有营业所进行严惩的措施也进入了讨论范围。也就是说，全国范围内哪怕任何一处森林公司分支机构被查出违规，总公司和所有营业所都将按连带责任制接受停业处分。如果真走到那一步，那只有歇业。

眼下佐久间等人就正忙于此问题的对策。继续这样下去难免被当成牺牲品。

他听说在政界有关系的董事长也正在奔走。

佐久间写完邮件发往各营业所。

"杜绝虚报护理报酬""任何情况下不得提供护理保险对象范围外的服务""彻底贯彻以上两点降低业绩任务"——这些就是邮件的主要内容。

能扛住目前的赤字增长，虚报报酬的问题就能避过。棘手的是营业所资格违规这块。解决这个问题只能向定员不足的营业所增派人手。这事如果能办到早就办了，也不会冒险违规。反过来也不可能把定员不足的营业所全部关闭。那会造成许多员工失业，大量护理服务被突然中断的客户也将成为"护理难民"。一旦丧失社会信用，股价就保不住了。

针对这一问题，森林公司决定立刻关闭在此次监督过程中被指定员不足的所有营业所。暴露了问题的地方，就在处分决定下来前全部清理掉，这样避免波及总公司。在没有其他有效手段的情况下，这是退而求其次的最佳对策。说实在点，就是为了逃避处罚。

今天接下来的行程里，佐久间还得去有业务往来的公司和东京的护理专员[1]协会"致歉并解释情况"。都是些前一秒还称兄道弟，报道一出来就翻脸不认人的家伙。现如今，也只得去看那些人的脸色。

佐久间伸手从内兜里掏出一个药盒，里面装着黯淡的深灰色药丸，两粒。佐久间把两粒药丸全倒在掌心，没有喝水，直接送嘴里嚼碎吞下。

这是手头仅有的了。

这么快就没啦。

他自己也知道频率更快了，但就是停不下来。没这玩意儿还怎么工作！

今晚还得去弄一些。

他这样想着，感觉到化学成分在头脑里渗透开来，烦躁渐渐散去。

★

斯波宗典 二〇〇七年 四月十二日

同一天下午三点三十五分。天空是暗淡的深灰色，今天还是开

---

[1] 护理专员：为需要护理的人提供护理计划的制订服务，并协助办理相关手续的专员。是申请护理保险时的必要人员。

着上门洗浴车，按规定好的路线走。

接下来是最后一家了。

车载收音机里正在播报新闻。

全国各地都出现了汇款诈骗的被害人，就连 X 县上年度的受骗金额都达到了八亿，创下历史最高纪录。被害人大半是六十五岁以上的老人。

"哼！你想想，还有人从老年人手里大把骗钱呢！我们拿着这么便宜的工资服务老人让他们开心，还要被人家说成是违规犯法，谁受得了？"

猪口真理子护士坐在副驾驶上愤愤地说道。

"是呀……"驾驶座上的斯波宗典应和着。

今天早上团站长通知众人，东京营业所因存在违规现象被责令整改。总公司的方针是：从今往后各处营业所必须严格遵守法规。但凡提供护理保险规定范围外的服务，哪怕出于善意，都将被视作违规行为，给公司造成负面影响。

站在一线工作人员的立场来看，这明明就是护理保险制度本身的问题。

"以后如果有人求我陪散步也要拒绝？"真理子努嘴道。

以前上门护理时，护理人员是可以陪老人散步并将之算作护理保险服务范围内服务的。散步是很多老人的娱乐消遣，一线护理人员当然也觉得这属于"护理"的范畴。然而《护理保险法》修正后，许多地区突然将陪同散步归为过度服务，从护理保险的对象里剔除了。八贺市也不例外。

规矩变化再大，现场工作人员若被老人要求陪同散步也是很难拒绝的。

"老婆婆，对不起呀，我不能陪您一起散步了。从今天开始请您自己去吧。如果您一定想要我陪，那我可是要跟您收服务费的。不能用保险，是平时价格的十倍——我要这样讲吗？"

面对真理子带着质问语气的抱怨，斯波也表示同意。

"唉，说不出口啊……"

越是热心工作、设身处地替老人着想的护理人员，这种话越是说不出口。所以只要对方要求，他们就会答应，报告里只写上保险范围内的服务内容。如果依照法律，这样的应对则是违规。

"强制那些不愿意的老年人去做复健，真正想散步的老年人却不能陪，这也太不合理了吧？"

斯波觉得她说得都对。

散步之所以没被认可为护理内容，是因为有人觉得它对老人来说只是纯粹的消遣，算不上是对身体的护理。可是纯粹的消遣哪里不好？身体上行动不便，有人陪着在家附近散散步的话，心情多少也轻松一些，斯波觉得这才是成功的护理。

人不是机器，护理也不是维护身体机能。并不是只有直接针对身体的陪护才是护理。真理子只是刀子嘴，她有那么多的工作经历，这些道理自然比斯波更明白。

挡风玻璃另一侧的天空堆满了厚重的云，好像随时会掉下来一般。

斯波感觉好像听到了厚重的云层里传来的雷鸣声。只有雷声，没有闪电。

就像是什么东西在咿呀作响。

"要我说呀，护理保险就是没用。就是那些当官的一拍脑袋想出来的玩意儿。"

斯波没有作声，手握着方向盘一边转弯一边点头。

真理子说得对，"护理保险"的确是晦涩且难以利用的制度。斯波自己在照顾父亲时也几乎没能有效利用。站在一线工作者的角度来看，也有太多地方难以理解。被评价为"没用"是理所当然。

因此就废除护理保险，同样不能解决任何问题。若没了这个制度，只会有更多的人被亲人的护理压力摧毁崩溃。《护理保险法》施行了七年，从前那种应该家里人来做护理的观念现在多少有了些改观，人们开始认可支付报酬来交换等价服务了。斯波觉得虽然制度本身不靠谱，但总比没有好。

不过说到底，这种好，也就是聊胜于无、杯水车薪的程度。

《护理保险法》施行当初，护理行业被信誓旦旦地粉饰为朝阳产业。然而那只是一阵烟，是一杯水浇在烈火上，伴随着猛烈的声响升腾而起的虚无的水汽。

如今水汽散去，真相大白，火势不但未衰反而更盛。

社会的龟裂之大，制度无法弥补。

《护理保险法》实施之后，得不到充分护理的人和因护理而破碎的家庭数量仍在不断增长。护理本应是朝阳产业，可从业人员的劳动条件恶劣，据说，森林总公司去年的财政决算也是赤字。

远方的雷声仍在轰鸣。隐约，但却实实在在。

挤压、破碎。

今后老人会更多，支撑养老的工作人群却在不断减少。

只要有需求，不管是谁都能享受充分的护理，并且提供护理的一方也能获得丰厚的报酬——什么样的制度恐怕都给不了这样的未来。

十年后，人们一定会苦着脸叹息："唉，现在想想十年前还算是好的了。"二十年后的人也将更加痛苦地重复相同的话。

或许这过于悲观，但却是斯波如今能想象到的最真实的未来。

视线尽头的云朵愈发黯黑，仿佛它拭去了天空的污秽。

眼下这当口儿，有两件事比十年后的未来更需操心。一个是现在这个天，另一个是她。

斯波瞟了一眼后座。

洼田由纪正闭着眼靠在座椅上，一言不发。她应该没有睡着。她脸色苍白，气色不算好。

"你呀，还没翻篇呢？没事啦，不就是冲着一个臭老头说他是臭老头吗？"

真理子回头对由纪说道，表情像是有点不耐烦，又像是在笑。或许她也在担心，不过对方应该察觉不到。

由纪完全没有回应。

其实斯波早有预感，这几个月来，他的预感逐渐化作了现实。

发生这样的事只是时间问题。

"闭嘴，臭老头！"

就在刚才上门服务的那家，由纪对一名七十二岁的男性顾客发出近乎粗鲁的怒吼。

那名男性顾客在洗浴护理服务过程中被清洗阴部的时候，猥亵地开起了玩笑。

护理工作中被性骚扰的情况并不罕见，甚至可以说是常有的。这种时候护理人员不能正面与之发生冲突，而是搪塞一下，微笑应对。

对方是行为不便的老人，即便错在对方，也不可以当场呵斥。对方也有对方的特殊情况，或许是因为寂寞。这种时候不应该愤怒，而是在敷衍搪塞的同时让对方明白你的抵触。如果对方太过分或者自己无法忍受的时候就找上司反映，可以进行人员调换。不因一时的情绪而冲动行事，重要的是要考虑对方的心情后再行动——这是对护理人员的要求。

由纪一直努力做着这样的尝试。讲黄色笑话还不算过分得离谱的行为。之前由纪还受过诸如肢体触碰等更为恶劣的骚扰。可能是一直强忍着、郁积着的情绪，碰巧在那个时候超过了阈值吧。

由纪的表情像是因自己的言语而受到了惊吓，随即簌簌地流下眼泪，这样反复了好几次。

"对不起，对不起，对不起……"

那名男性可能也没料到由纪竟当面哭了，并未去计较她的言语，而是显得十分狼狈。

在斯波看来，由纪的言语和眼泪并不像是针对那名男子。那是她的肉体向她发出的危险警报，一定是。

由纪起初开朗又有干劲，工作起来简直是青年护理人员的典范。真理子就羽田静江的死开玩笑时，她还会较真儿地辩争。

到了今年，不管真理子说什么她都不再还嘴了。并不是她学会了听之任之，而是她封闭了自己。不光是对真理子，对谁都一样。工作时她也总是沉默不语，说话仅限于必须说的最低限度。她的表情逐渐失去了神采，从上个月竟开始迟到和旷工了。

工作在护理行业第一线，这样的情况斯波经历过好几次。

原本工作欲望强烈的人，眼见着就没了活力。这种现象叫作职业倦怠。越是对护理抱有某种理想投身其中的人越容易这样。

护理是以人为对象的服务，并不仅仅是物理层面上的打理和照顾对方的身体。这份工作中还包含了感情层面的服务，通常称之为"诚挚"。不想笑的时候也要挤出笑脸，不想干的时候也要装出干劲十足的样子，不能认同的时候也要点头称是。护理工作中有很多感情劳动成分，要求你不得不去强行控制自己的感情，尽管感情本是无法控制的。

在斯波看来，感情劳动明显有着适合和不适合之分，最后无所适从的一定都是她这种严谨的人。

实际的护理过程中，有人与人之间温情的欢乐、感动的时光，更有粗暴的言语和行为、性骚扰和暴力等灾祸。

待护理的老人是这一切的源头，也是毋庸置疑的弱者。弱者必须被守护，必须为之着想、宽容待之。

哪怕心里已经厌恶到极致，表面上还是得抽动面部肌肉，笑脸相迎。

越严谨的人，其积极性越容易被消耗，燃烧殆尽。有时候也会像由纪这样，燃烧的火苗引发爆炸。

洗浴车到达了上门服务的最后一家。这是一栋平房，虽然看上去年数已久，不过有着宽敞的庭院，也还比较整洁。应该也算走运吧，申请护理的这家主人是位温雅的老婆婆。

"洼田……你没事吧？"车子停稳后，斯波转头问由纪道。

"没事。"

由纪轻轻睁开双眼，以细小而略微颤抖的声音回答着，慢慢活动起身子，好像一个电池即将耗尽的玩具在勉强蠕动。

今天应该是最后一次了。

明天早上，由纪将无故旷工，就这样悄无声息地从职场消失。

他已经不觉得这是预感，而是确信了。

★

大友秀树 二○○七年 四月十二日

同一天下午四点。那是一个细小而略微颤抖的声音。

"我……我没打算杀人。真的。可是他忽然叫得很大声……我吓得不轻……"

X 地级检察厅审讯室。

在大友秀树检察官对面招供的，正是古谷良德。他打着护理的幌子接近舅爷企图盗窃，结果却把人杀死了。他的长头发染成了棕色，满脸胡楂，一张口就能看到歪歪扭扭的牙。他被摁在一张钢管椅上，身后面无表情地站着一名负责押送他的县警厅警官。

大友旁边是椎名助理，他打开笔记本电脑，正在做记录，好写报告。

大友脑子里忽然闪过今天早上的事。他因为私事给任职于护理企业的朋友佐久间功一郎打了电话。这个案子也和护理相关。当然二者之间除了这一关键词相同之外并无关联。

"你说你没打算杀人，那为什么要动手砸？你不知道拿那种东西砸一个上了年纪的老人是要出事的？"大友以平常生活中绝不会使用的强硬语气质问古谷道。

"我……我……我很慌。就想先让他闭嘴……"

"那不就是意图杀人吗？"

"不……不是……可……杀人的……是坂老大……"

古谷目光闪烁着低下了头。

现场勘查和昨天法官解剖给出的证据显示还有共犯存在。一起旁观了解剖的刑警兑现了昨天的预告，古谷在今天被押送来之前就已经认罪坦白了。共犯名为坂章之，二十八岁。古谷称他原本是自己混迹的暴走族团体的老大。警方已经开始追踪坂的去向。

古谷和坂二人假借护理的名义找上了古谷的舅爷关根昌夫。古谷在企图窃取现金时被发现，于是拿座钟砸了舅爷的头。当时关根倒地但还有呼吸。坂勒住他的脖子最终勒死了关根。之后，坂告诫古谷"分头跑，不管谁先被抓都不许供出另一个，互不记仇"，遂携款潜逃。后来事情的发展应该和坂当初算计的一样，警方先找到了和关根有血缘关系的古谷。

可能是出于混混之间的仁义吧，古谷起先遵守了约定，并未供出坂，谎称是自己一人所为。但当他承认了共犯的存在之后态度大变，推翻了之前的证词，说坂才是主犯，自己只不过是被卷入其中的从犯。

大友眼见着古谷前后变了两副嘴脸，耳朵深处隐隐作痛。

"不打算杀人，那坂勒脖子的时候为什么没有上前制止？！为什么没有立刻叫救护车？！明知道会死人却放任不管就等同于杀人！"

即便古谷否认杀人动机，他当前供认的情况也早就满足抢劫杀人的事前通谋共同犯罪的构成条件了。如果只单纯为了依法问罪，并没有强行让其承认杀人动机的必要。但却有必要让他自己认识到自己是个杀人凶手。

日本的刑事判决有罪率为百分之九十九点九。这一数字明确告知了，法庭并非就有罪、无罪这种事实进行争论的地方。日本的刑事司法又被称为"精密司法"，检察官在前期侦查取证阶段将事实关系核实至无可存疑的程度，只对确定有罪的案子进行起诉。除了极少数被告坚持无罪主张的案件外，法官和律师均在被告有罪的前提下参与审判。

在这样的法庭上进行的是父爱主义式的"裁决"。检察官向被告问罪，辩护律师则陈述被告是如何悔过的，法官则教导被告并敦促其改过。举证宣判后，法官还要对被告人进行训诫式的说教，这是一种独特的习惯。日本的审判不对着《圣经》发誓，但却极具宗教性和道德性。它裁决的不仅是法律上的犯罪，还包括作为人的原罪。

在这种司法形态中，裁决的意义在于让被告人反省自己犯了什么罪、明白自己背负着什么罪，哪怕最终看来是同样的判决结果。

大友紧盯着古谷。

能看得出古谷在害怕，同时还有一丝侥幸，脸上写满了至少要将杀人罪行洗脱的企图。

大友能强烈地感受到。

"头抬起来！"大友厉声喝道。

如果玲子见到大友审讯时的模样一定会惊吓到。他在家（其实哪怕工作时，除了审讯之外）决不会发出呵责的声音。

大友生在富裕家庭，在众人的善意簇拥下成长的他自幼就相信性本善，认为那是理所当然。这世上没有绝对的坏人。电视新闻里的那些犯罪凶手一定是因为某种差错才做出那些事。他也有证据：同班同学里有爱恶作剧的，有性格暴戾的，但无可救药的恶人一个都没有。

成长的过程中他理解了这世上很多事情无法靠纯粹的善恶区分，有时候表面上的善恶也会相互转变。通过学习历史，他知道了无论什么时候、什么朝代，人们总是相互仇恨、杀戮。也有过一时兴起犯点小错的时候。

但他仍然相信人最根本的部分，那个或许该称之为灵魂的部分，是以善性为前提的。

这一判断的证据就是：负罪感。

就像高中篮球队的逃票事件一样，人在作恶的时候都有负罪感，哪怕它多么微不足道。

他觉得这证明了人的灵魂比起恶来更加向善。

父亲送给他的《圣经》里，门徒保罗在书信中这样写道："没有义人，连一个都没有。"这就是被称为"原罪"的基督教基本教义。伊甸园是完美协和之地，而人是被从中驱逐的不完美的存在，这就是罪。

刚拿到《圣经》时大友还是初中生，他觉得海水一分为二也好，水变作红酒也好，都是彻头彻尾的谎话。伊甸园也是幻想的世界。唯有对原罪的概念深信不疑。

没错，人是不完美的存在。明知不可为却总是行恶，在不经意间伤害他人。之所以把这些不完美视为罪过，是因为人向善。

原罪论常被当作性恶论来解读，大友从中感受到的却是至高的性善论。

人为什么要作恶？

为什么不能作恶？

问题本身就是答案。这是对善的追求。

人会想帮助别人，不需要强迫，想对人有益。人不需要教也明白待人要仁慈和友爱，避免伤害他人。如果人作恶，则会受到负罪感的折磨。

没有义人，一个也没有。但是，不，正因为如此，人性才是善的。

如今大友身为检察官和罪犯对峙，但他在心中已然秉持性善论。和罪犯接触越多，他的信念反而越坚定了。

自上任以来他不知审讯了多少罪犯，其中没有一个是热衷于犯罪的。他们心中都有负罪感，几乎没有例外。哪怕是犯下了只能用惨绝人寰来形容的罪，凶手心里依然存在负罪感。

有人认为这世上存在反社会型人格的人，他们天生没有善心、善意，把伤害他人当作人生意义。据说这是一种人格障碍，被称作精神变态。但是大友还没有接触过这样的罪犯。

那些凶手全因为"某种差错"才走到了那一步，这和自己自幼描绘的朴素的世界观相吻合。

每个人心中肯定都有善性，但是人际关系、金钱问题，或者是社会因素、成长环境这些东西会动摇它。善性被动摇、被扭曲，消失不见的时候，人将犯下最终的罪过。

当然并不是说罪过可以原谅。罪过之所以是罪过，正因为人没能守住灵魂深处与生俱来的善性。

所以必须明辨善恶，必须加以审判。

以证明人还是人。

古谷抬起头，怯生生地看着对方。

大友继续以强硬的语气质问："听说你小时候，关根很疼你？"

"是。"古谷的声音几乎快听不见了。

材料上写古谷上小学的时候跟舅爷很亲近，几乎被当作亲孙子般看待。升上初中后他开始混迹于暴走族的圈子，跟那些小流氓越走越近，疏远了家庭、亲人。高中退学之后跟着坂等人总干坏事，二十几岁时因恐吓罪留下了前科。

"在关根看来，你虽然走过弯路，但在他行动不便的时候还愿意来照顾他。你觉得他会怎么想？"

"……"古谷再次低下头。

"他应该挺欣慰吧。可当看到你原形毕露，在家偷钱时他又怎么想？最后竟然惨遭杀害，他又怎么想？"

古谷的眼睛里有了些闪烁的东西。

让人服罪即是让人意识到负罪感，是对必然存在于灵魂当中的善性的质问，从而让人悔过。

罪人反省自己的罪过，心被绑上名为负罪感的沉重枷锁，这时审判才刚开始。

"人在要死的时候，会想起过往的事情。常听说那会像跑马灯一样。关根肯定想起了你，你还是个孩子的时候跑去他腿边的模样。那个时候你的样子还在心里，面前的你却抱起凶器朝他头上砸了下来，居然在他的脖子被人勒住的时候选择了视而不见。嗯？你觉得他最后一刻有多绝望！"

古谷颤抖着肩膀呜咽起来。

大友感觉到，古谷已背负起了负罪感。

对了。很好。你这种人必须恨你自己。悔改吧，悔改吧，悔改吧，悔改吧！

大友带着不明缘由的亢奋，在心里重复着这句话。

检察官受理警方送来的嫌疑人案件后要决定是否申请拘留。古谷是抢劫杀人犯当然要对其进行拘留，他直至审判开始都会被关押在拘留所。大友起草好拘留申请书后，就拿去给自己的上级柊副检察长审批。

结束后他很快回到自己的办公室看起了其他案件的卷宗。大友负责的案子并不止一个。现在他手上正同时进行着十一个在押人员的案子。

晚上八点过后，大友再次来到副检察长的房间。

他去是为了商量是否对一个过失致人死亡的案子进行起诉。

检察官又被称为"独任官员"，一方面，其行为基于个人的判断和责任可以独立于国家和政府行使自己的职权；另一方面，检察官还须遵守"检察官一体化原则"，无条件服从以检察长为领导人的指挥系统，为的是防止检察官滥用职权。

在日本只有检察官才拥有起诉权，哪怕警方对罪犯实施了逮捕，如果检察官不起诉也只能无罪释放。再结合审判中的高定罪率来看，说这个国家就是由检察官决定有罪与否也不为过。而死刑又是最高刑罚，极端来说，在日本，检察官所拥有的权力，是唯一可以合法杀人的权力。他们的责任极为重大，绝不允许独断专行，在处理案件的过程中必须积极向上级汇报，获得批准。检察厅中下级对上级意志的贯彻执行，在所有政府部门里都算得上彻底。

"怎么样，差不多也熟悉 X 县的生活了吧？家里的事都安排得挺好吧？"柊副检察长一边打开卷宗一边问道。

"是。"大友只是附和，并未深聊。

柊是在特别搜查部干过的老手，坚决主张家里的事就该交给家里人，人生要百分之百投入工作中。检察厅这一块和法院一样，其价值观中有着浓厚的男权主义色彩（当然也有女检察官，但她们同样被要求有强烈的男权倾向）。

可能是年龄层不同的原因吧，不顾家到那种程度让大友有些抵触。

但他也不可能撒手不管工作，每天定时下班回家。检察官的一个决定就能改变他人的一生。工作性质决定了他们时刻掌握着好几个人的人生，容不得半点松懈。正如柊所言，干这个工作必须投入百分之百的人生，否则干不好，这也是实话。

"被害人当时走失了呀。"柊浏览着卷宗道。

"对。所以无法排除他突然冲到马路上的可能性。"

他来商议的是一起驾车过程中过失致人死亡的案子，也就是交通事故。

一名八十七岁的男性深夜在路口被一辆超速二十公里的小货车撞死了。被害人有失智症，据说，当时是趁家人不注意走失在外。

"你说这老龄化社会呀……"柊忽然自言自语般嘀咕道，"我当上检察官大概是二十年前的事了，那时候的刑事案件很少牵扯到老人。但是最近这几年，总觉得被害人或案犯两头有一头是老人的案子越来越多了。"

大友回想起自己手头上的案子。首先，这个案子和刚才审完的古谷案的被害人都是老人。其次，还有一些诸如路上被抢的七十八岁老人、入室行窃的六十七岁老人、马上就要开审的一个商店偷盗惯犯则是七十岁⋯⋯确实牵涉老人的案子不少。全国范围内蔓延开来的汇款诈骗的被害人大半也都是老人。社会步入老龄化，治安犯罪问题上必然也有所反映。

"这样看来，要说复杂也确实有点复杂。"柊皱眉道。

"嗯。"

若按照过失致人死亡来判交通事故，必须证明案犯的过失和被害人的死亡之间的因果关系。

这件案子里的小货车确实违反了限速规定，但仅这样是无法证明因果关系的。因为即便小货车按规定速度行驶，被撞上的人照样得死。再加上被害人有失智症并且当时是走失在外的，这点对案犯也有利。

就像机动车保险理赔的处理过程中有"责任划分"的概念一样，过失行为导致的交通事故里总有一些灰色地带。检察官奉行精密司法，只在对定罪有确凿把握时才会起诉，因此，日本的交通事故中不起诉加害人的情况非常多。普通事故中有大约九成不起诉，造成死亡的事故也有三成以上不起诉，仅凭道路交通法规去罚款和吊销驾照显然不够。

但这个案子中的被害人是在路口被撞的。路口没设信号灯，但有停车让行的标志，也就是说驾驶员无视了标志牌。

"你怎么看？坦率说。"柊问道。

"我觉得应该起诉。"大友按照要求直说道。

如果驾驶员没有忽视停车让行的标志牌，很有可能会避免事故的发生。再考虑到被害程度已达到重度的"死亡"，所以大友认为应该起诉。

那名驾驶员曾辩解说，事故发生的那条路晚上几乎没有行人，大家都不按限速行驶，也没人停车让行。大家都这样做，所以就可以不守规矩，这句话本身就不合理。而且最终结果是死了人，这样还不去问罪，岂有此理？

柊扬起嘴角点了点头："那就把起诉状写好再来。一切到时再说。"

这就算是放行了。柊是那种不惧风险追求成果的人。

"好的。"大友在回答时想起了今早在电话里对佐久间说过的话。

为了清理问题，哪怕有风险也要杀一儆百。

这并不是危言耸听。

在必要的时候出手了断，这是管制者的习性。

现在回想起来，佐久间在打电话时的语气多少跟他平时审讯的罪犯有些相似。他们看似游刃有余，其实反倒给人捉襟见肘的印象。佐久间越是说"没问题"，就越让大友觉得并非没有问题。去年一起吃饭时察觉到的那一丝不安如今已经膨胀了数倍。

佐久间提到的"这种程度的违规到处都有"，这在本质上跟肇事驾驶员的辩解是一样的。站在管制者的立场来看，这绝对是越界行为。

大友并不了解《护理保险法》的实际执行情况，也不知道厚生劳动省的行事风格。他觉得，如果自己是负责人的话，一定会趁此机会坚决出手。

从副检察长的房间出来，透过走廊的窗户可以看见几丝雨线划过暗夜的轨迹。

大雨倾盆，是从何时开始的？

天空何时超过了忍耐的界限，一直身在屋檐下的大友并不知道。

★

佐久间功一郎 二○○七年 四月十三日

凌晨零点零三分。低气压乘着偏西的风势由西向东滚滚而来。

佐久间走出森林总公司时，东京也开始下雨了。

六本木的街灯朦胧地照亮了天空扩散的雨云。

佐久间在森林大楼一层的便利店买了把透明塑料伞。他撑开雨伞顺着六本木大道往西麻布方向走去。

情况可能很不妙。

今天一整天他都奔走于各个合作方那里解释情况，他感觉形势并不乐观。其中有些人甚至表现出明显的敌意。一直以来森林都自恃为业内规模最大的企业逼迫他们在合作上让步，难不成他们想借机报复？

他还听说董事长为在政界做工作尝试接触了总理身边的人，但是遭到了拒绝。看来总理并不打算信守宣传册上那句"我支持森林"

的承诺。

一直以来所有人都将森林高高捧起，如今却都打算落井下石。

风向变了，塑料伞被吹得摇摆不定。雨滴从侧面袭来打湿了面颊。

痛苦在佐久间心头涌过。

为什么会变成这样？

佐久间所追求的东西从孩提时起就没变过。

胜利、成功，以及从中感受到的无所不能。

他自小就爱分个胜负。不，应该说爱胜利。击败别人时的优越感更加彰显了自身的存在价值。这让他获得了自我认同，感觉自己被这个混沌的世界所承认。

小学时候，不管学习还是体育他都是第一，初中就上了有名的私立学校。在那所学校里，他也是篮球队的王牌，同时学习成绩也保持在上游。

当时碰巧是经济泡沫最大的时期。少年佐久间在将洛克菲勒中心和凡·高的《向日葵》收入囊中的大人们身上，看到了自己将来的模样——我也要像那样压倒性地胜出。

大学毕业步入社会是一九九八年。经济泡沫已经破裂，正是就职冰河期里最残酷的时候。哪怕是那些名牌大学的学生，也有许多人在哭诉找不到工作。佐久间看在眼里，一举赢得了知名企业提供的职位。

那时候，他对自己从懂事以来就隐约感觉到的某些东西更加确信了。

我是特别的，跟那些平庸的家伙不一样。竞争越残酷，他就越胸有成竹。任你是不景气还是什么跟我都没有关系。不平凡的我一定能一路赢下去。

他在众多可供选择的就业机会中选择了品牌形象优良的大型电机制造商。他被分配到的部门是营销部。在那里，佐久间仿佛在不断地证明他所坚信的东西，身为新人，他的业绩却年年都有提升。

营销工作简直就是上天赐给佐久间的饭碗。营销的关键在于积极的思维和沟通能力。这两条佐久间都有。他告诉自己一定行，积极且执着地在诸多客户间做着工作。将成功收入囊中的那份成就感是无可比拟的。

相比过程而言，更注重结果的现实社会让佐久间感到游刃有余。

但很快他就明白了，自己投奔的这家大型企业的天花板比想象中要低得多。他头上还有好几个上司，无论哪个看起来都不如自己，却拿着比他高得多的工资。投身激烈竞争中的都是年轻人，资格较老的都缩在安乐窝里。而且，董事级别的职位全都跟企业创始人一家保有某种姻亲关系。

最终佐久间仅干了一年就辞去工作，为追求更高的极限和更刺激的环境，他跳槽到了一家当时刚创业不久的劳务派遣公司。

新公司比体制腐朽的大公司更对佐久间的胃口。碰巧当时又赶上劳务派遣的相关限制大幅减少，公司业务急速增长。

在经济停滞的大背景下，他们周旋于渴求工作的劳动力和意图削减人工费的企业之间，牵线搭桥，收取介绍费用。那是一个你越强势、越懂得拿捏对方软肋就赚得越多的赤裸裸的世界。

外界也出现了一些批判的声音，说劳务派遣这行实际上就像人身买卖，对此董事长回应说："劳务派遣行业是一个创造价值的全新产业。"

不为良知和道德等既有的桎梏所缚，一心追求利润。造成不利影响的就隐瞒下去，有利影响的就大肆宣传。有利可图时要谋求最大利润，能榨取好处就榨干为止。这是他们的准则，让利益最大化才是这个世界的真理。一切利己的尝试才是真的为了这个社会好——董事长毫不避讳地谈论着这些，简直让佐久间心生敬意。

董事长言论的正确性毋庸置疑。

批判劳务派遣行业的人都是头脑愚钝的伪善者。如果没有劳务派遣，企业将因人力成本的高涨而一筹莫展，劳动力也将因无活可干而走投无路。比起那些站着说话不腰疼的家伙，董事长给社会做出的贡献要大得多。

佐久间终于明白了，"正确的东西令人厌恶"这一自学生时期就扎根心里的情结的真正根源。就因为那是伪善。道貌岸然地主张"正确性"的人只不过是屈从于既有价值的伪善者。

董事长所描绘的蓝图里没有伪善，而且很值得一试。那种感觉就像是站在寻找新大陆的船头划桨前行。

调动至一家被收购的护理企业时，佐久间的心情很好。

构造上和劳务派遣是一样的。

让需要护理的老人和护理从业人员相接触，从中收取介绍费。很现实，却是必要的工作。帮助老人并不只为做善事，他们要让烂在老人们怀里的钱重新回到社会。

他们赶上了好时候。这艘船将无往不利——本该是这样。

不知为何情况发生了变化。他清楚地感觉到船被海啸吞噬，正摇摇欲坠。

再这样下去就要沉了。要输了。生来与众不同、生来战无不胜的我要输了。这决不能容忍。

可恶的伪善者！

佐久间想到了这次揭发森林公司涉嫌违规的东京方面负责人。佐久间没见过他，但在想象中，那人有着和大友一样的面容。

他们扬扬自得地讲着大道理，在船上凿洞。

可恶的伪善者们！

佐久间想到了笔伐森林公司的报社记者。所有人都有着和大友一样的面容。

自命不凡，置身事外，乌合之众，只会阻挠别人成功。

这些伪善者的花招才不是正义。他们只不过利用自己的职能满足自己，充其量只能算自慰。

很多举着雨伞赶末班地铁的人和佐久间擦肩而过。与之相对，马路上的车流则麻木而单调地流淌着。道路两边的店铺哪怕夜半仍灯火通明，街道流光溢彩。雨中晕染着各式色泽所散发的轻薄微光。那些年长的人总说这里跟泡沫时代相比已萧条落寞了许多，佐久间并不知道泡沫时代的六本木是什么样。

佐久间走过西麻布十字路口后再稍微往前一点右转，进了一条小路。小路如长蛇般蜿蜒，四周弥漫着雨水的腥味，他最终来到位于两栋建筑夹缝间的一家酒吧。

佐久间走进店内，吧台后面的酒保朝他看了一眼。

"包间，我找人。"

佐久间说完，酒保默默点了下头。

店里面积有六七十平方米，只放了一个吧台和两个沙发雅座，空间上足够宽敞。吧台边坐了两个黑人正安静地说笑，满身肌肉和漫画一样夸张。沙发座上坐了一个穿豹纹皮裙洋娃娃似的女人和一个品位低俗、穿鳄鱼皮西装的中年发福男人。乍一看还真不知道他俩究竟是谁想吃了谁。

佐久间走过这所微型动物园，直奔里面而去。包间的门就藏在一面隔墙的背面。

房间内部陈设简单，中央一组沙发和茶几，茶几上放了酒和一些简单的小食。沙发上坐着一个梳大背头、没有眉毛的男人，他手里正拿着酒杯喝酒。

"哟。"

男人举杯算是打了招呼。茶几上酒瓶的标签上画了一头牛，是野牛草伏特加。这种酒气味浓郁强烈，跟男人的气质倒很配。

男人说自己叫宪，佐久间并不知道他的真名。他俩年纪应该相仿，但也不清楚对方究竟几岁，平时都做些什么。唯有一件事情是肯定的，那就是他的世界见不得光。

佐久间坐在他对面。他看见了宪背后的一扇小门。那是逃生门，万一有情况时可以从那里直接跑到一条隐蔽的小路上。幸运的是迄今为止他们还没用过那扇门。

"下月一定付钱，这次先记账，通融一下？"佐久间开门见山地说。宪无声地笑了笑。

"工作挺忙呀。你那儿的董事长火烧眉毛了，最近都传疯啦。一直到最近还称兄道弟的总理大臣也说变就变，翻脸不认人了。"

这家伙消息真是够快。

佐久间和宪是在董事长办的晚宴上认识的。当时是工作调动之前，佐久间还是劳务派遣公司的员工。董事长是出了名地爱玩，私生活奢华，他的晚宴上三教九流都会露面，既有知名企业的经营者，也有艺人，还有像宪这样来路不明的人。

"帮个忙，给我药。"

佐久间直勾勾地盯着宪。宪有斜视，所以四目并不相对。

"没有人会蠢到卖药还让人赊账的。"宪心不在焉似的说道。

晚宴上认识并志趣相投的宪给了佐久间一些灰色药片，告诉他那是"比较来劲的保健品"，问他要不要试试。起初可以免费提供试用品，喜欢就跟他买，手法上跟普通保健品倒也差不多。

当然这药片里并没有维生素或氨基酸。这种被称作"药马"的灰色药丸的主要成分是冰毒。它的药效自然是氨基酸无法企及的，经口摄入后几分钟之内即可刺激中枢神经，让人感到轻松舒畅的同时还能缓解不安，集中注意力。它就是毒品，但既不用注射器又不用打火机，而是更易于吸食的片剂，所以几乎不会令人对其产生抵触情绪。

佐久间当然知道像这样的东西都会成瘾，但他觉得自己能把握好。

他甚至认为宪的那句"比较来劲的保健品"形容恰当，说得很有道理，于是时不时地从他那里买。

在劳务派遣公司干的时候，药马就像是强心针，每次跟重要客户谈生意或签合同之前用一些，结果居然都不错。营销这种职业要求他时刻以积极而坚韧的态度对待客户，而毒品给了他无穷的精力。它就像赛前的兴奋剂，让佐久间所具有的主动思考和社交能力得到很大程度的发挥。

用着用着，佐久间又发现这"比较来劲的保健品"还是药效强劲的性药。每次工作取得了好的成果，他都要以庆祝为名让高级色情中介送女人来，一起吃药马寻欢，整夜享受着一次次仿佛融化般的快感。从毒品和女人中得到满足后，他又可以更加专注地投入工作。

事业的成功让佐久间兴奋。比起工资和奖金的增加，佐久间更沉醉于获得成果的感觉。他真正追求的是胜利、成功，以及从中感受到的无所不能。

他不知不觉在劳务派遣公司的营销部做出了无可比拟的成绩，以部长级待遇被调到了森林公司。

直到那个时候为止，药马都起了润滑油的作用，一切都运转顺利。

调到森林公司之后，付出却开始换回徒劳了。

佐久间调来后，紧跟着的那段时间公司业绩还不错，可每当《护理保险法》修正一次，他的烦恼就徒增一层。

佐久间像干劳务派遣时一样四处尝试强势营销，但却没有成果。

借助药马的力量也好，把自己的能力发挥至极限也好，他的面前仿佛总有一道无法逾越的厚实墙壁。工作给他的不再是兴奋，而是越来越多的压力。无所不能的感觉越来越少，无法言喻的不安纠缠着他。

或许我并不特别——不经意间他有了这样的想法。

不对！只不过现在状态有些不好，很快还会继续赢下去。

他一次又一次这样告诉自己，但还是无法消解心中的不安。他感觉自己身体某处柔软的部分开了一个洞。于是他试图填上那个洞，喝药马、找女人，次数如指数般增长。他频繁地跟宪联系，工资几乎全部花在了毒品和女人身上。

上瘾？怎么可能！我随时可以戒掉。只不过眼下为了渡过难关必须靠它们而已。

他真的这样想。所以就算跟在职检察官的老同学见面吃饭他也没当回事。

哪怕现在手头上的钱全花光，甚至还不够，佐久间也不认为自己是沉溺在毒品和女人里。他觉得自己是在遨游。

"嘿，我倒是能给你介绍愿意借钱的狠角色，不过佐久间先生，真那样，你这人恐怕就废了。"看见宪的冷笑，佐久间十分反感。

废了？你算老几，凭什么这样说我？我只不过碰巧手头紧而已。借点钱又能怎么样？

"那也行啊。你给我介绍一下吧，愿意借钱的。"

"嗨，别急呀，佐久间先生。你还另有办法呢。你可是森林公司营销部的部长。你拥有接触公司所有数据的权限对吗？森林公司管理的所有数据，包括客户名单，如果你愿意拿那些交换，药马还不是要多少有多少。"

"数据？你要来干什么？"

"你别看我这个样子，我可是个创业者。在东京北边儿，我除了卖药还有好多业务呢。现在我投入最多的，就是面向老年人的生意。"

面向老年人的生意？

这种人自然不可能干护理行业。

他葫芦里卖的药，不用多想就能明白。

"诈骗？"

"漂亮。佩服，眼光很好嘛。就是'是我呀，是我呀'那种。说实话，现在这可是一本万利。几乎没有被抓的风险，赚翻了。国内护理行业规模最大的森林公司手里的老傻瓜们的资料，对我来说就是宝藏。"

"……"

宝藏——确实如此。日本的老人有着大把的钱。那些钱几乎全藏在柜子里，或者存在银行里，都是些死钱。这些钱需要翻出来重获新生。从这个出发点来说，宪和森林公司都差不多。虽然他们的方式大不相同，一边是靠护理服务的等价交换，而另一边是靠诈骗。

"怎么样？愿不愿意给我数据？"

佐久间在思考。

不过，方式重要吗？

让已经死了的钱重获新生，这才更重要不是吗？

宪说了没有风险。如果这是真的，那这就像是在无人检票的车站逃票一样。

"你告诉我一件事，你是黑社会吗？"

见佐久间这样问，宪嗤笑道："我没跟你说吗？我是创业者，是生意人。这年头还跑去当黑社会那才真是蠢。被《暴力团对策法》限制得死死的，完全没油水。"

也就是说，他是一个人混迹黑道的了。

佐久间继续思考。

并不是在思考要不要把数据给宪，而是怎么样才可以和宪站在平等的立场进行交易。

他觉得，是时候展示一下营销人的实力了。

★

"他"　二〇〇七年　四月十六日

三天后。上午八点二十二分。"他"追随着自己的影子，行走在住宅区的人行道上。

直到昨天还郁郁寡欢的天空，今天终于恢复了心情。

清晨，没有了云的天空就像是甩掉了附身的恶魔，它是那么蓝，看上去反而有些不祥。

前面看见了一个小区。

八贺朝日小区。里面半数以上的居民都在六十五岁以上。成员只有老人的家庭超过三成，其中一大半又都是独居老人。这是一个边缘社区，聚集了一些老无所依的老人。小区名叫朝日，但实际上却正相反，已是黄昏。

小区入口的宣传栏上贴了海报，上面写着"谨防电话诈骗、汇款诈骗"。新闻上最近也总报道这些，听说被害人非常多。

"他"走进小区里一个建在两栋楼之间的公园，坐到长椅上。

这架势看上去就像是一个人在晒太阳打发时间。眼尖的人可能会发现"他"耳朵里塞着耳机，但一定会以为那是在听广播，不会有任何怀疑。

"他"侧耳倾听。

今天不是"处置"而是"侦察"的日子。

"侦察"的目标，是小区里的一间房。

房间里的情况经由窃听器的电波传进"他"耳朵里。

那是狭小的一个套房，主人是绪方佳津，八十五岁，一个独自生活的老太太。她腿脚不好，大部分时间都是在床上，最近越来越健忘，很可能是失智症的前兆。她只有每周末接受护理人员的上门服务，平时则由住在隔壁街道的儿媳妇照顾起居。

"你想撒尿就不能跟我说一声吗？"耳机里传来尖锐的喊叫，是那儿媳妇。

"对……对不起。"佳津有气无力地回答道。

看样子是儿媳妇正喂早饭时佳津小便失禁了。

"妈，这可全怪你自己！"

"你……你饶了我吧。"

"不行！这是让你长记性。"

啪！一阵干巴巴的声响。

"啊——！"

啪！啪！啪！

"疼……疼啊，疼啊。对不起，对不起啊。"

媳妇掌掴婆婆的声音，婆婆求饶的声音。

不一会儿，里面又掺进了媳妇呜咽的声音。

"呜呜……为什么？为什么……"

莫非她正一边打一边哭？

家庭护理过程中发生虐待的情况很多，可以说是必然的。但几乎没人真正想对行动不便的家人动手，他们都成了精神压力下的提线木偶。

这个儿媳妇一定也不例外。"为什么"这句话，是在问佳津吗？还是问自己？

每个人的心理承受能力都不同。对于这个儿媳妇来说，每天都要来照顾婆婆的护理生活，可能已经超出了她的极限吧。

"对不起呀。都怪我变成了这个样子。还不如干脆让我死了呢。"

比起儿媳妇的声音，佳津的声音干巴巴的。

"那什么话……你那什么话……呜呜……"媳妇的话被哭泣打断了。

"他"闭上眼睛，深吸了口气。

"他"在感知，自己内心的某种意志——杀意。

并非厌恶，也并无憎恨，只是——杀。"他"心里确实存在这种纯粹的杀意。

为了完成杀人，就需要像这样来到附近进行窃听"侦察"。

首先判断是否值得杀，然后权衡下手时机。

不可以焦躁。不可以硬来。没问题。风险虽有，但只要谨慎就能顺利完成。

"他"凭经验就知道——

只要足够小心，行动缜密，完美犯罪就有可能。

第三章

失去 二〇〇七年 六月

大友秀树 二○○七年 六月六日

上午十一点十五分。法官宣读了判决结果。

"判处被告人有期徒刑三年。"

没有缓期执行，判决和检方起诉要求相同。但是负责案件的大友秀树检察官心中却没有丝毫成就感。

他又感觉到了耳朵深处的痛楚。

身边的椎名助理检察官似乎轻声叹了口气。

律师自是当然，就连宣读判决结果的法官脸色都不好看。

狭小的法庭被沉重而苦闷的气氛包围了，只有一个人表情轻松起来，那就是被告人。

脊背如犰狳般蜷曲的这位老年女性名叫川内妙，七十岁。无固定住处和职业，也就是无业游民。罪名是累犯盗窃罪，通俗点说就是盗窃惯犯。她在便利店偷一个价值一百一十日元的饭团时被逮个正着，作为现行犯被逮捕。

即便是惯犯，因为商场偷盗而判刑三年的情况也实属特例。这是因为事情背后有特殊情况。

因为这是被告人主动要求的。

"请尽量把我关在监狱里更长时间。"接受调查时妙如是恳求道。

一般刑事案件的罪犯，尤其是轻微犯罪的，都尽量避免判决结果立即执行。可妙却主动要求进监狱。

"社会上谁都不愿帮助我。在监狱里我活得更像个人。"

这是妙的原话。

从这句话可以听得出，接受像这样立即执行的判决结果，妙已经不是第一次。就在半年前，她因为同样的罪名在监狱生活一年后被放出来。

妙因为风湿，手脚关节都变形了。正常情况下，她将成为需要被护理的老人，但因为妙是无业游民没有住处，别说护理保险用不了，连最低生活保障都享受不到。

"生活保障"这个制度用于保障基本人权之一的生存权，因为没有住处而无法享受这种保障，也被视作一种社会问题。但是现在财政困难，很多地方政府都采取了这样的处理方式。

妙无依无靠，为了生存，她只得拖着行动不便的身体屡次偷盗又当场被抓，最终因为"不思悔改，性质恶劣"而被送进了监狱。

结果监狱里竟然准备了一日三餐，如厕和洗澡也有人陪护，考虑到她风湿的老毛病还给予相应照顾，病情严重时还有医生来送药。这些可以说都是最低限度的待遇，但却是妙一直以来不敢奢求的东西。

这让妙明白了一件事。对于像她这样的老人来说，监狱要比社会好太多了。

"川内女士，监狱可不是什么好地方。还是多下点功夫，找找在社会上立足的法子吧。"

大友曾在被捕后的审讯过程中，这样近乎开导般地对她说道。妙仿佛得到了一堆没用的千纸鹤似的，她这样回答道："警察先生，不，应该是检察官先生？对你来说，监狱当然不是什么好地方。可对我来说，却是最舒服的地方。我当然也不想干坏事，但我又能怎么样呢？要我在社会立足，你照顾我吗？你不会吧？我说，你就让我进监狱吧。商店偷东西还不够吗？要不我去放个火怎么样？杀人怎么……唉，不过我这样的身体恐怕要反过来被杀的……"

她是罪犯。对自己的罪行没有反省，再犯的可能性极高。要求她立即服刑的理由十分充足。

可是，这算是审判吗？

大友信奉性善论。他认为任何人的灵魂中都藏有善意。审判不是确定事实后施加刑罚，而是要诉诸善性使其认罪、带着负罪感进行悔过。

从审讯时的谈话内容来看，妙同样适用于性善论。她的灵魂里也有善性。

她并未带着恶意犯罪。只不过她认为能让自己像个人一样生活下去的地方只有监狱，她犯罪只是将其作为进监狱的手段。这种情况下，大友无法让她意识到自身过错的罪恶。如果真想对她进行审判，首先得向她展示在这个社会中她无须犯罪也能够像人一样生活。

可是这一点大友做不到。

检察官大友能做的只是按规章制度进行问罪。

她一定会不停犯罪，直到顺利进入监狱为止。从维持治安的角度考虑，还不如对她判刑并执行入狱更好些。至于这算不算是审判就先不管了。

不光是大友，恐怕律师和法官也都抱着同样的想法。

最终，法庭如她所愿，对她施以了既算不上"刑"也算不上"罚"的刑罚。

宣判结束后，法官开始对被告人说教。

"被告人服刑期间应认真反省，争取出狱后无须依赖同样的手段也能正常生活。"

法官本人应该也明白，"争取"这样的鼓励在此起不到任何正面作用。

"是，谢谢。"妙低头鞠躬，满面笑容。

"说实话，我真不明白川内女士究竟是算被害人还是加害人。"从地方法院大门口走出来的时候椎名嘀咕道。

大友明白他话里的意思，因为大友自己也有着同样的想法。但是……

"说这些也没用。有意图地实施犯罪的人基本上都有隐情或者曾遭受侵害。但同时还有许多人，他们即便有着同样的理由，却并没有犯罪。既然是这样，我们就必须对犯下罪行的人进行审判。"

"嗯，是呀。这个道理我明白。可是……"椎名有些犹豫地应道，"像川内女士这样的人，接下来应该还会更多吧？"

"更多？"

"对。日本的老龄化程度今后还会深化。那不光是国民的平均年龄增长，还包括不同年龄段人口数量的极度不平衡。像这种行动不便又不能倚仗家庭的老人数量一定会增加。这些人既没收入也没储蓄，福利制度也把他们排除在外，一旦他们的生活水平低于监狱的环境，这就会成为他们的犯罪动机。这……很糟糕吧？如果监狱变成了被社会抛弃的老年人的养老院……"

确实在川内妙看来，监狱可能并非改造机构而是老年公寓一样的场所。当然这也不是监狱应有的职能。

"是啊。可是对于那些犯下了罪行的人，同样不能让他们逍遥法外。说到底，我们干检察的只能默默地干好眼前的工作。"

椎名的畏惧十分在理，但已经超越了检察官的职责。

"您说的是……"

大友和椎名走到大路上，钢筋水泥的高楼如墓碑般耸立在道路两旁。

X县的县政府周围，聚集了税务局、地方法院、地级检察厅、县警察本部等，形成一片小小的政务街区。县内的大型企业、报社和地方电视台等建筑同样规划在这片区域内，所以白天的人流量非常大。

人流的嘈杂和汽车的轰响在高楼之间不断回响，形成一种独特的节奏。

正走着，大友想起之前从副检察长那里听来的话：有老年人牵涉其中的刑事案件数量正在增长。就大友负责的范围来看，无论是被害人还是加害人，卷入犯罪案件当中的尽是一些缺乏必要生活支援的老人。

无论是被谎称护理接近自己的人杀害的老人，还是走失途中被货车撞死的老人，如果他们有完备的护理措施作为保障，应该都不会丧命。

现在去想这些也是徒劳，如果让每个人都生活在大友父亲入住的那种老年公寓里，实施犯罪的老人和被牵扯进犯罪的老人数量都会少很多吧。

是什么时候来着，在护理企业工作的朋友说过这样的话——这世上最赤裸的差距就是老人之间的差距。

街上的喧嚣和耳鸣混在了一起。自庭审时起耳朵的不适就一直没有停止。

"明明早该知道的啊。"椎名在信号灯前驻足，忽然蹦出这么一句。

"早该知道？"大友转过脸去问道。

"啊，哦，想知道明天的天气看天气预报就行吧？虽然也不能说是百分之百准确。"椎名盯着对面的报社大楼说道。大楼外墙上挂着横条状的电子显示屏，滚动显示着天气预报、新闻和运势占卜的内容。

据天气预报说，今天天晴但明天转雨。即将开始的梅雨，比往年晚了一个星期。

椎名又继续道："不过，一星期后的天气预报就很难预测了。一年后的那就跟占卜似的，就算说中了也跟算卦一个道理。不光是天气预报，股价啊，赛马啊，职业棒球的获胜球队啊，关于未来的所有一切，哪怕你用再怎么高等的数学也不可能准确预测。这就是赌博。但还有些预测是能够做到准确，并且时间跨度再大也能保证结果的稳定。其中之一就是——"这位擅长数学的助理检察官顿了一顿，随后又继续未完的话，"人口。人口的预测哪怕是十年、二十年，也几乎不会有太大偏差。现在说的什么老龄化，这种事早在二十年前，不，或许更久之前，人们应该就已经知道了。"

"是嘛……"

已经知道了……吗？

应该是吧。"老龄化"和"少子化"这些词语从老早之前就开始听说了。而已经知道就意味着现在也知道。接下来，哪怕不是专家也能看明白日本的少子化、老龄化将越演越烈。

信号灯变了，人流开始涌动。

大友在走过斑马线的时候，不禁停下了脚步。

"怎么了？"

"不好意思，你稍微等我一下。"

大楼上电子显示屏的内容从天气预报变成了一则新闻：

"快讯：厚生劳动省决意处分森林，护理业务无法继续。"

这条新闻早报上没有登。大友的父亲就住在森林集团经营的老年公寓里，他自然无法置身事外。

大友从口袋里掏出手机上网。

新闻网站也在主页最上方报道了这条新闻：

护理巨头森林受停业处分

厚生劳动省老年保健局在全国范围内对森林实施了监察，从该公司数家营业所查出了重大恶性违规，将实行连带责任制对森林总公司追加处分，禁止其新增营业所申请，并对现有营业所不再更新资格许可。这将导致森林无法新开设营业所，现有营业所也将无法过审，只得被迫退出护理行业。

四月份森林在东京被责令整改时大友心中的疑虑，如今全变成了现实显示在手机的液晶屏之上。

大友关掉网页，从通信录里找出佐久间的号码试着打了过去。

"您所拨打的用户不在服务区或者已关机，现在无法接通——"听筒里传来的是机器发出的千篇一律的声音。

电子显示屏内容由新闻切换到了占卜。

"今日运势 No.1，天蝎座！可能会有意想不到的好事哦！"

毫无责任可言的未来运势伴随着文字的明灭流动着。

神话里高傲的巨人奥瑞恩因为惹怒了大地之神盖亚，最终在盖亚派出的蝎子的毒针下殒命。冬天占据了天幕中心位置的猎户座，到了天蝎座现身的夏天时就开始逃命似的下沉，也仿佛印证了这一传说。

这个夏天，护理行业高傲的巨人——森林，遭遇了致命一刺。

★

斯波宗典 二〇〇七年 六月十一日

五天后，下午两点零二分。斯波宗典睁眼时发现世界失去了鲜艳的光泽，他的视线落在昏暗出租屋内灰蒙蒙的天花板上。

哦，原来是一场梦。

斯波宗典深呼吸了一次，缓缓起身。

逐渐清醒的意识使他察觉到黏着在周身的潮气。

自两天前县气象台宣布梅雨季节开始，淅沥的小雨已连续下了好几天。

当作睡衣穿在身上的长袖 T 恤已经被汗湿透。这闷热的天气！

他看了一眼窗边的闹钟。

夜半结束后，回到家上床睡觉大概是在十点钟，那么大概睡了四个小时。

斯波所在的八贺护理站是两班倒，原则上来说，上完夜班第二天休息。

他又闭上眼睛，试图再次回到令人身心舒畅的梦境世界，可却被现实里高度令人不快的环境拽了回来。渐渐地已经到了白天不太适合入睡的季节。反正就算现在真睡着了也不可能再回到那个梦里了。

刚才他做了个自己孩童时代的梦。一个爸爸，一个孩子，父子二人的家庭旅行。流光溢彩的港湾灯塔下，米老鼠、灰姑娘伴着绚烂的霓虹进行彩车游行——在港湾灯塔下的迪士尼彩车游行？

这当然是不可能发生的景象，他也立刻明白了梦境的由来：应该是去神户港湾岛时的记忆和去东京迪士尼时的记忆混淆在了一起。那些都是斯波还是小学生时候的事。父亲笑得很开心，然而如今只能在梦里见他。这是一个混合了"美好回忆"中最好的部分再加以放大的梦。距离越遥远，记忆就越模糊，但回忆却变得鲜明。

斯波爬下床，打开了遮光窗帘。

多云的天空投下淡淡的光，静静地钻进屋内。

他抓起被扔在床上的遥控器打开电视。

其实也没什么特别想看的节目，他只是想让屋内显得闹腾些，好弥补现实和方才太过华美的梦境之间的落差。

换了两个台后，电视画面里出现了一张似曾相识的男性面孔。

是午间的时事新闻类节目。那名男性坐在演播室的正中间，四周围着主持人和嘉宾。

那男性的脸色看起来很不好，细长的眼睛下有着深深的黑眼圈。只见他在不停地说着什么，好像在辩解，可看上去却毫无精神，好像活死人一样。

这男人就是森林公司董事长，对斯波这种护理营业分所的上门护理人员来说，是遥不可及的人物。

他当然没见过董事长，只不过营业所的角落里挂着一张董事长和现任总理大臣——那个保守派政要紧握双手的照片，每次去上班，不管愿不愿意，都能看到那张脸。照片中的他带着新锐企业家的精悍笑容，可如今电视里的他却完全没了那种风采。

"你呀，从早上开始也参加了不少电视节目，事到如今再怎么找理由也没人听你的呀！"一个出了名的说话直的女演员呵斥董事长道。

"不，这绝不是找理由……我们违规操作的背后，确实存在护理行业结构上的——"

"那都是借口！你真无耻，为了逃避处罚还在狡辩！"董事长孱弱的辩解很快被愤怒的声音所掩盖。

恐怕董事长本来指望亲自通过媒体解释以改变舆论风向，不过看样子这如意算盘是落空了。

五天前，六月六日，厚生劳动省向森林下达了极为严厉的处罚，事实上，等于迫使其停业。当天晚上森林就召开新闻发布会，宣布将所有护理业务一次性转让给集团中的一个子公司。这样的话就形成了经营主体的变更，即便森林公司遭受处罚，法律上还可以保证公司业务的存续。

但社会舆论对此行为的态度却很冷淡。隔天，六月七日，所有重要报纸头条及社论都在谈论森林公司的问题，认为处罚合情合理而批判其通过业务转让规避责任的行为实属恶劣。

到了六月九日，日本全国各地方政府统一反对森林公司，并宣布在各自治理权限范围内对其向子公司的业务转让不予承认。厚生劳动省也发表了意见，认为集团内的业务转让难获认可。

最终森林公司只得被迫终止集团内的业务转让事宜。之后，董事长曾通过别种方式委婉表示想继续业务的意向，但未被舆论接受，招致"事到如今还死不悔改"的严厉批判。就像现在电视里播出的这样。

这节目就像一场公开行刑。

这个一度被捧为时代宠儿的男人，如今正遭受万人唾弃。

演播厅的大屏幕里正播放着董事长名下的豪宅、游艇，还有他在高级会所豪饮昂贵名酒的照片。

"你看看你，骗老人们的钱来这样挥霍！"

"不是，这是我个人的财产……"

"不都是一回事吗！"嘉宾们一个个都生龙活虎，和董事长的状态形成强烈对比。

"你没有资格做护理这一行！"

"没错，通过护理来营利简直不可理喻！"

"护理这种行业，必须凭着舍己为人的精神，甘愿为他人奉献一切的人才可以做！"

"你快住手吧！"

廉价电视的破音喇叭里喷出了句句怒吼。

都疯了。

斯波这样想。

确实，森林公司存在违规行为，他也不认为董事长是个清廉干净的人。但只要稍微去查一查就能知道，护理业界的整体构造的确存在问题。

对这些问题视而不见，却只将一家企业和一个人拉上刑台，向全国实况转播？

疯狂。

营利简直不可理喻？

必须凭着舍己为人的精神，甘愿为他人奉献一切的人才可以做？

他们讲这些话时是当真的吗？他们觉得这才是良知吗？

不要钱，无欲无求，就整天愿意替别人擦屁股的人，你们以为这世上有多少？

思维贫瘠得简直恐怖。

斯波回想起自己在森林工作期间看到的那些被护理逼得走投无路的人，他们多到简直叫人生厌。

独自承受护理母亲的痛苦而无处诉说的女儿。

被丈夫吩咐去照顾婆婆，不得不将护理看作自己的义务，最终走上虐待之路的媳妇。

怀抱理想认真务实的护理员，某天却突然在工作时放声大骂，之后就再也没来上班。

媒体鼓吹的那些缺乏思考的良知，只会让他们这样的人更加走投无路。

斯波心中郁积，关掉了电视，自己映照在变黑了的屏幕里。

那模样让自己惊讶。

和梦里父亲的样子很像。同样弧度的眉毛，略微显厚的嘴唇。斯波的脸跟父亲的很像，就像是在证明他体内有百分之五十父亲的基因。

因电视节目而烦躁不安的心此时也有所收敛了。

抱怨也没有用。我还有我该做的事。

护理父亲时每一天的记忆是支撑斯波的信念，如指南针一般指引他前进的方向。

那些日子既不遥远，也不鲜明，甚至算不上回忆，只是一段记忆。

斯波的父亲病倒时是一九九九年七月，预言落空[1]的那年夏天。

当时父亲七十一岁，斯波二十三岁。他们是父子，年龄差距却近似祖孙。斯波还在上小学时母亲死于交通事故，家里就他们父子二人。

斯波到高中毕业为止表现都不错，借着读大学的机会去了东京开始独立生活，从那时起家里就不怎么顺利了。

每年从东京回老家的那么几次，父亲总是莫名地攻击性十足，找他麻烦。说他"感恩的心不够""反正上大学就是去玩"，等等。

---

[1] 日本作家五岛勉在其解读诺查丹玛斯《百诗集》的作品《诺查丹玛斯大预言》中，认为诺查丹玛斯预言一九九九年七月人类将灭亡，在当时的日本造成相当大的影响。

甚至还责备斯波"偷了我的钱包",尽管斯波对钱包的事毫不知情。

现在想来,当时父亲已经出现了失智症的初期症状,再加上孤身一人的寂寞造成的心理负担,精神状态已经相当复杂了。但当时的斯波面对忽然不知该如何相处的父亲,只是一味地想要疏远。

大学毕业之后,斯波在东京没找到固定工作,他将此事报告父亲时,换来的是"好好找事做""好不容易送你出去念大学"这样的责备。

斯波心里也有想法。

父亲经历的是个完全不同的年代。

没错,年代不一样了。斯波生活的年代和父亲生活的年代形成了鲜明的对比。

父亲生于一九二八年。三年后"九一八"事变,日本在侵华战争和太平洋战争里越陷越深。父亲在初中二年级时接受动员,一直在工厂做工直到战争结束。他连高中都没上,赶上战后重建时有手艺的年轻人得到重用,顺势在一家专做钢铁生意的知名商社找到工作。之后,日本迎来经济高度增长期,国民收入大幅增加,父亲自然也不例外,四十几岁时就带着十足的资金储蓄独立门户,在X县买地置业,干起了五金行当。在经济规模不断扩大的时期,他的生意很不错。直到他后来关店在家休养,基本上也算是走过了整个景气上升的年代。

然而,斯波走过的时代中,根本看不到像父亲那时候那样前景光明的上坡路。眼前全是下坡路,根本不知延续到何方。

斯波生于一九七五年。他在昭和最后一段日子里度过少年期,当时日本飞速冲进一场日后被称作泡沫经济的疯狂中。如果有钱即可称作富足，那段日子就是这个国家历史上最富足的时期，四处充斥着金钱，还有跟金钱一起被随处提及的"梦"。

带着梦想、相信梦想、朝着梦想，梦想冒险、梦想工厂、梦想列岛，梦、梦、梦、梦。

大人们通过金钱买卖霸占一切，这些大把挣钱的大人却跟孩子谈起了梦想，仿佛在掩饰心中的愧疚。

"你们有无限的可能性。尊重个性，寻找自己的梦想去实现它。没问题，只要相信就一定能实现。"

从学校老师到电视里的文化人，每个人都天真地谈论着这些。

父亲也不例外。他在斯波小的时候总是鼓励道："你要找到自己的梦想。"

被包裹在富足的泡沫里的孩子们相信了梦想。他们坚信长大成人就等于发扬个性，实现自己的梦想。

但实际上，在成人的路上等待斯波的并非梦想，那段前所未有的就业困难时期后来被比喻为冰河期。

冷酷的闹钟响起，宣告梦醒时分来到。

泡沫破裂。

某大型全国性报纸把斯波这样被泡沫全面影响的一代称作"失去的一代"。媒体这种把特质各异的人群一言蔽之的坏习惯令人不齿，但斯波作为当事人却莫名感到一种理解。

确实，我们或许就是"失去的一代"。

失去了本该有的，或者说曾经有过的"富足"的一代。蛋糕所剩无几，竞争日益惨烈。学生也被一分为二：才运兼具被知名企业录用，或者通过国家公务员考试的"胜者组"；被越发残酷的抗压面试折磨至精神脆弱，却仍无法获得机会的"败者组"。

斯波属于后者。

自孩提时代被大人们灌输的梦想、无限可能、个性、自我实现等全部属于和斯波无关的胜者组。像斯波这样的败者组成员只能面对永远无法实现的自我，在梦想的碎片间不停徘徊。

一开始你们不是这样说的，本不该是这个样子。

斯波感觉就像被交付了一张空头支票。

他才不愿意被只经历过上坡的父亲教训什么"好好找事做"。

我又不是自己想成为待业青年。你不也在经济不景气时把家里的店给关了吗？

父亲在斯波考上大学那年结束了已变为赤字的买卖，还卖掉了店面和家里的房子，开始租房生活，美其名曰引退。

斯波一看见父亲就烦，好长一段时间没有回去。

医院的电话就是那段时间里打来的。

电话的大致意思是父亲因脑梗死昏迷需要紧急手术，希望他作为家属同意。医院还告诉他，做手术也不敢保证一定能得救，但不做手术肯定没救。

当时他的脑子里一片空白，现在回想起来都觉得不可思议。他不记得自己什么感受，想过什么。他动了动嘴，就像头脑被切掉的青蛙凭脊髓做出反射。

"求你们了，请做手术！"

电话那头的人告诉他手术会尽快开始，同时希望他尽快赶去医院。

他顾不上接下来还要去打工，就坐上了回 X 县的急行列车。

父亲要死了？

单考虑年龄的话这事也没多么不可思议。可是他总觉得这种事属于遥远的将来。

悲伤和忧虑这样具体的情绪一点都没有，心里尽是说不上来的不知所措。

在急行列车不规律的晃动中，斯波自然而然地回忆起父亲的点滴。

小时候父亲曾背着痉挛发作的自己赶往医院。那时候父亲的后背是那么宽大。

小学时看到父亲一个老头子跑来参加家长进课堂活动，斯波感到不好意思。现在他明白当初父亲必定也同样感到不好意思。

初中时被人怂恿在商店偷东西当场被捉，斯波自己没觉得那是多坏的事，父亲听说后当即打了他一拳。打完之后又流下眼泪道："对不起，一半是我的错。"比起拳头，那些眼泪让斯波心里更痛。

还有，斯波考上大学后他立刻变卖了店面。那不光因为生意不好做，肯定也是为了给自己凑出学费。

这几年二人关系不怎么好，但还是真真切切的父子。

自己是被爱着的。

这些事情自己早该知道。

这时候他才想到多年以来只是单方面地接受父爱，还什么都未偿还。

斯波到达医院时手术已经结束，父亲正昏睡在 ICU 病房。

"我们尽了全力，医学上能做的我们都做了。能不能醒，概率各有五成。请做好心理准备。"当时的医生确实是这样讲的。

病床上脸色惨白的父亲比斯波在列车上回忆起的父亲苍老了许多。

父亲是这样弱小，这样满脸皱纹的吗?

他的眼泪止不住地流了出来。

父亲，求您了，一定要得救! 请不要走!

眼见着正直面死亡的父亲，斯波这才感到心里涌起了这股早就该有的情感。

手术过后第二天。

"宗……典……"

睁开眼睛的父亲断断续续地叫着斯波的名字。

"爸，爸……爸!"

斯波一遍遍地呼喊着，任眼泪和鼻涕在脸上流淌。

一起陪床的护士都哭了。

那之后，父亲住院治疗了三个月，也接受了复健，但最后还是落下了左半身麻痹的毛病。医生说日常生活必须护理，独自生活很难。

斯波本就打算父亲如果得救，自己就回老家跟他一起生活。他发誓自己一定要照顾好父亲。

从那时候起到最后父亲离去的那些日子毫无快乐可言。不，应该说是痛苦更确切些。

听说有失智症前期症状的老人在脑梗死过后症状会急速加剧。斯波的父亲正是如此。

照顾身体和精神同时失常的父亲过于沉重，仅凭一人独自支撑是难以想象的。

超乎想象的艰苦甚至让他开始想"如果那时候手术失败的话……"。

但是……

"谢谢。"

临死前父亲这样说道。那是开始护理生活后的第四个十二月。那一天父亲状态很好，清楚地认出了斯波，好像也明白自己得了失智症。

"我脑子已经不清楚了……趁现在能说话我一定要告诉你。有你在身边我很幸福，谢谢你今生来当我儿子。"父亲说着还笑了笑。

一周后的二〇〇二年十二月二十四日，平安夜，父亲走了。

最后的最后，因为那句话，斯波才觉得自己报答了父亲，而自己也得到了回报。

他还注意到一点。即便人老了身体功能衰退了，无法自主生活了，即便因为失智症而丧失自我，人还是人，是有时欢喜，有时悲，在幸福和不幸间往返的人。

照顾父亲到最后的这段经验，让斯波在内心消除了对自己所生时代的诅咒。

我的确在一个走下坡路的时代步入社会。可走了上坡路的父亲就比我轻松吗？并不是这样。父亲小时候比我现在贫苦得多，社会治安也差得多。初中毕业就工作的路也不是他自己想要的选择。他不得不选。当我还沉迷于电子游戏，偶尔背背英语单词的时候，父亲已经肩负起和成年人一样的工作。如果他懒惰，也不可能自己做起生意。我的时代有我的痛苦，父亲的时代也有父亲的痛苦。

停止诅咒自己所生的时代吧。不管什么年代、什么立场，一定都有应该去做的事。

斯波因为自己的父亲属于高龄，比同龄人过早地经历了护理。并且他由此感受到了人的尊严，那不是嘴上说说漂亮话，是在护理的重压之下仍需悉心守护的尊严。

这样的我能做的事。这样的我应该去做的事。

护理工作。

这个国家的老龄化程度正在加剧，像斯波父亲这样必须护理到最后一刻的老人肯定越来越多。

同时，这个国家的少子化和家庭小规模化也在加剧，像斯波这样不得不独自肩负起护理重担的人同样会越来越多。

斯波送走父亲后，立刻考取了护理资格，应聘了森林公司。

他一下子就被录取了，仿佛过去经历中那段史无前例的就业荒都是假的。哪怕是史无前例的就业荒里，也有被需要的工作。这让他明白了自己曾经只是太过于自私罢了。

从那时算起，很快就五年了。只五年，他就切实感受到了护理需求的激增。

森林被处罚了不代表那些需要护理的人会随之减少。

如果森林的护埋业务能以某种方式存续，那么斯波就如同往常一样工作，如果营业所关门，他也只需换个地方。

本质上什么都没有改变。

做自己该做的事。

哪怕自己能做的微不足道。即便如此，也要做自己该做的事。

到最后只有这一个选择。

★

佐久间功一郎 二〇〇七年 六月二十日

九天后，下午两点三十分。佐久间功一郎坐在房间一角的沙发上，翻着当天发售的娱乐杂志。

此处是埼玉和东京交界处，荒川靠川口市这一侧岸边某短租公寓楼内的一个房间。

窗户外面，由河川跟工厂构成的风景透着股怪异，不过现在窗帘是拉上的，谁都看不到。

房间中央摆着大大的办公桌和简易办公椅，三个男人正坐着。所有人都是二十几岁的年轻人。其中两个正操作电脑，另一个正用手机打电话。桌上堆了许多文件夹，让这里看上去就像是家庭办公室。

佐久间正看的这本杂志上，以《坠落的偶像！以护理敛财的拜金者受天谴！》为题推出了特别栏目，专门声讨森林公司和董事长。

文章片面且过分。关于护理业界的记述没有一件是准确的。这娱乐杂志本身就靠刊载丑闻和裸女赚钱，他们怎么好意思用"拜金"这样的词呢？

不过，"坠落的偶像"却是神妙地说到了点子上。

曾经让佐久间都尊敬的董事长如今惨不忍睹。

佐久间并不同情他。

董事长没错，但他反应太慢，没来得及从沉没的船上逃生。不，哪怕他想逃也无处可逃。如果按照常规世界的规则来，能做到他那种程度恐怕已经是极限了。当你赢得太多时就要遭受打压。哪怕你只是按照规则将利益最大化，一旦太过醒目也将被那些伪善者扯后腿。

那么我就在非常规的世界里好好发挥，一直赢下去。

"所以呀，被害人说了只要当场给她十万块精神损失费就愿意私了。您儿子一时拿不出手。所以您作为母亲，能不能替他支付呢？如果不给钱，那您儿子就要被逮捕了。"

男子对着手机语速飞快地喋喋不休，他名叫矢岛。

他正跟一位母亲商量私下和解的事情，谎称他儿子在地铁上对别人进行了性骚扰。

他自称警察，当然那根本不是真的。这是一起被害人和加害人都不存在的虚构性骚扰案。一个自称是警察的人打电话来通知说"你儿子性骚扰被抓了",这样的情况下任谁可能都会有些惊慌,失去冷静的判断力。这时候就可以趁机骗钱。这间办公室里,干的就是这样的业务。

"对对。哦,您愿意这样我们也省了不少事。那么我告诉您一个账号,接下来就汇款到这里。要快哦,要快,三十分钟之内。"

看样子是得手了。

"哈哈哈,搞定了。"

矢岛打完电话,得意地笑着看向佐久间。他的头发漂成了浅色,后面留得偏长,细眉。皮肤晒得黑油油的,背心外面套了小西装外套。最近的小混混都不再是以前黑社会那一套,更像夜店牛郎。

"嘿,今天不错。不过还没完呢,你们盯紧了。"矢岛看向另外两个人点头道。

"是。"

四月,当宪要求他出卖森林公司的业务情报时,佐久间详细询问了由宪牵头的诈骗团伙的情况,提出了自己的要求:"数据可以给你。作为条件也得算上我一个。骗老年人我最拿手了。"

诈骗是犯罪,这他知道。不过听了宪的描述之后他断定这事"可行"。与其在森林挣扎,不如和宪合作可能性更大。

宪觉得佐久间倒也有意思,让他入了伙。佐久间把保管在森林总公司的所有数据复制到移动硬盘后就辞职了。

这是一场十分冒险的跳槽,他似乎是选对了。

森林那边在佐久间辞职后不久就完蛋了。厚生劳动省实际上等于给出了停业处罚，董事长也被媒体全面声讨。

而这边的诈骗生意，佐久间则早早亮出了成果。

一直以来宪要手下做的，就是伪装成目标家人骗钱的单纯诈骗。在佐久间的建议下，他们转型成为更复杂的场景诈骗，中途还有警察和律师登场。

佐久间从森林带出来的数据里包括老人的家庭组成、经济情况等个人详细信息。只要合理使用，就能根据目标情况制定更有效的剧本流程。

这一改革效果显著，诈骗收入翻倍了。宪可能也惊叹于佐久间的能力，开始把诈骗相关的统筹工作全交给了他。

"这个月营业额多少？"佐久间问。

矢岛笑嘻嘻地竖起三根手指："好极啦。已经三条了。完成业绩指标绰绰有余。"

一条是一百万，那就是三百万。

"是嘛。"佐久间满意地点头。

宪自称企业家，汇款诈骗的工作环境也十分"商业化"。

这个短租公寓被称作分店，每个分店有三到五个矢岛这样的"业务员"。这样的分店在埼玉和东京范围内一共有四个，宪是"老总"，现在佐久间当上了类似"经理"的职位，负责指挥这四家分店。

业务员通过汇款诈骗赚来的钱就被称作"营业额"，以提成的形式从中支付"工资"。分店每个月都有"业绩指标"，指标完成提成就更高。

若不是违法，还真挺像一家投机型公司。

　　一个诈骗集团这样模仿公司经营，并不是想玩什么过家家。即便本质上是犯罪，若想维持盈利，还是得制定这样的秩序才更合理。

　　秩序的确立让犯罪成为在特定规则下运作的"业务"。这不仅缓和了参与其中的负罪感和紧张感，还强化了目标完成时的成就感。

　　不用说，矢岛等业务员在这里工作也并非因为想成为罪犯，他们想要的是成功。

　　他们本是群不良少年，十几岁的时候要么是暴走族，要么是帮会成员，待到二十出头了，社会上已没有了他们的容身之地。

　　时间再往前一点的话，他们可能就去参与暴力团伙了，不过现在黑社会的上下级关系越来越严厉，好处却越来越少，靠当黑社会赚钱的年轻人正在减少。宪就专门召集这些人，干着诈骗和贩毒的买卖。据说现在这种非法业务集团的数量正在增加。

　　在佐久间看来，矢岛等人的意识当中完全没有犯罪这回事，他们给老人打电话骗他们的钱，只觉得那是工作或是某种游戏。除了拿工资，目标完成时的成就感成为促使他们这样做的强烈动机。

　　本质上佐久间也是一样。分店的营业额在自己指挥下连创新高，这使他品尝到令人沉醉的成就感。当初在劳务派遣公司营销部做出成果时的那种兴奋又回来了。

　　重要的是胜利、成功，以及从中感受到的无所不能。

　　"佐久间先生，自打您来了之后，感觉真是太棒啦！以前连能到两条的月份都没多少。"矢岛在说话的同时投来敬仰的目光。佐久间感受着自尊心得到满足时的愉悦，摇了一下头。

"是因为一直都太不讲求方法了。以前就是靠刺激老年人保护家人的善心，想让他们掏钱，这样的手法效率太低。让老年人付诸行动的最强力的动机，不是善心，而是'不安'和'羞耻心'。所以，如果能替他们准备一个能很大程度煽动不安和羞耻心的场景，那就容易上钩多了。"

佐久间用在诈骗上的这套方法论，其实是把自己干营销时学到的原则拿来直接使用。

负面情绪比正面情绪更容易让人有所行动，这不仅限于老人。负面情绪中，尤以恐慌和羞耻心最为强效。想让人行动，能多大程度上刺激他的恐慌和羞耻心是关键。

佐久间当初就向宪自荐说自己擅长骗老年人，没想到这么多年的营销技巧在这里同样适用。不只这样，他觉得现在这种地方才算让那些技巧得到了真正发挥。

劳务派遣行业也好，护理行业也好，从现实的残酷程度上来说，汇款诈骗也和那些差不多。佐久间甚至觉得诈骗要比那些好得多，因为不用再去看那些伪善者的脸色、说那些富丽堂皇的漂亮话。

"明白明白。"佐久间的每一句话矢岛都赞成并点头。

佐久间得意扬扬地看着矢岛等人继续道："听好了，现在日本的私人金融资产总额是四千一百兆。钱其实多得吓人。可明明有这么多钱，社会上却总说不景气。你们知道为什么吗？因为根本没有流通。其实这四千一百兆几乎全在老人们手上。老东西们只知道存钱，根本不打算花。这样钱永远也到不了我们这些年轻一代人手上。这时候就得用用脑子了。哪里有钱就得去哪里找钱。他们不愿花钱，就强迫他们去花。从老东西们手上拿钱，也相当于让那些钱死而复生。对于开始溃败的我国经济来说也是一种拯救。"

这并不是为使诈骗正当化的强词夺理，而是佐久间真的这样认为。他觉得以老年人为目标的诈骗对社会有益。

"佐久间先生说出来的话就是不一样。我是真佩服您。"

矢岛如是奉承道。至于佐久间的话他究竟听明白了多少还很难说。其他两人也点头附和。佐久间心里明白这些都是拍马屁，但还是很受用。

其他分店里也一样，对于大幅提高了业绩的佐久间，所有从业员都心怀敬畏。

佐久间身上的手机振动了。那是用别人的身份信息办理的电话。

"我听说，你那边在卖数据？"

对方没报姓名而是开门见山。这声音并没有印象，应该是经由宪那边的人脉得知消息后打过来的。

佐久间从森林公司带出来的数据中，有一些地方的数据在这里并无用处，于是就当作副业拿去倒卖。就像宪说的那样，老年人的个人信息是"宝藏"，想要的人非常多。

"哪里的？"佐久间问。对方回答说是 X 县的。

佐久间条件反射性地联想到大友。那个讨人厌的整天拿正义当令箭四处乱挥的家伙，把一场输掉的比赛当作人生回忆的蠢货，把自己的父亲送进安全地带还对护理行业指手画脚的伪善者。四月他给自己打电话时，提过工作调动到 X 县的事。

一想到自己倒卖出去的信息能让他不得安生，佐久间就觉得心情愉快。

"有啊。最低折扣卖给你吧。"佐久间扬起嘴角道。

那天晚上佐久间被宪叫去池袋一家寿司店的包厢里吃饭。

佐久间并不喜欢那些颜色泛青的鱼，寿司也不大喜欢，但宪却很爱吃，每次一起吃饭都是寿司。

现在正是海鲈上市的季节，宪一个接着一个地吃着用海鲈捏成的寿司。光是在一旁看着佐久间就直想打饱嗝。

他们一边吃着寿司一边谈着今后的生意。

二人的关系算是老板和经理，宪为主，佐久间为从。不过汇款诈骗的事宪都交给了佐久间，自己几乎不往分店那边跑，而是专心卖药。或许说他们是各自负责不同领域的合伙人更贴切一些。至少佐久间心里是这么认为的。

"话说回来，佐久间呀，你出逃的时机可是太完美啦。当时很多小道消息说情况不乐观，怎么也想不到一下子就不行了。"

宪所说的当然是森林公司的事。事到如今，佐久间也只能通过新闻去了解情况了。听说那边已经走投无路，即将卖出所有的护理业务。医疗护理领域的教育企业"睦美教育"，还有大型居酒屋连锁"优优"据说都可能接手。

"是呀。哼，难得它闹得这样轰轰烈烈。我们当然要好好利用一下。"佐久间说道。

宪不解地问："都这个时候了，还能怎么利用？"

"当然能利用。不过是间接性的。现在所有媒体都一心想着攻击森林，关于护理谁也给不出什么建设性的意见。这样的情况最终只能导致社会情绪的恐慌，尤其是老年人的恐慌。恐慌中的人最好骗了。而且我们还有森林公司当初的名单。这东西，其实就是即将陷入恐慌的人的清单。往后一段时间，都是我们赚钱的好时机。"

"是这个意思啊。知识分子就是不一样。"

宪的语气里稍稍夹带着一丝嫉妒。佐久间没有错过这点细节，偷偷沉浸在优越感之中。

他一直以为宪来路不明，是个不好对付的人。待成为他手下之后又意外地发现他只不过是个没有什么本事的小混混。

宪的人脉丰富、消息灵通，善于招纳那些曾经的不良少年成为手下，但他自身并没有什么出众的才华。

二人联手后的一段时间里，宪教给了佐久间很多这个道上的买卖规矩。如今，佐久间已经熟练掌握了这些基本的规矩和运营的方式，反倒是他教宪的时候多了起来。

"对了，佐久间先生的小生意好像情况也不错嘛。"

宪换了一个话题。他话里有刺，脸上也没有笑意。

关于数据买卖的事，佐久间最开始提出来时宪并不同意。

于是佐久间承诺让出部分收入，并且强调"那本就是我自己的东西。我利用自己的东西赚钱有什么错？而且你什么都不用做就有钱拿，没有反对的理由"，他认为这些道理都是明摆着的，也以此为理由让宪接受了提议。

数据卖了，钱也挣了。宪也获利了。

可宪就是一副不乐意的模样。

佐久间明白为什么。那是嫉妒。

宪在嫉妒佐久间的才能。

"这个月所有分店的业绩指标都完成了，多亏您关照。嗨，那些琐碎的事就交给我吧。你是大老板，回家躺着等数钱不就好了？"

佐久间做出让步的样子，实际上在心里拿宪当傻子。

宪似乎读懂了佐久间的内心似的，斜视的眼睛往上翻了一下。

惹怒他了？

有那么一瞬间，佐久间背后升起一阵寒意，可很快就被他的自信给驱散了。

那又怎么样？绝对没问题。

佐久间的加入让汇款诈骗的收入爆发式地上涨了。这也给宪带来了实实在在的利润。

如果和佐久间闹翻，对宪来说也是一种损失。不管他心里怎么想，表面上还是得给佐久间面子。

宪舒了口气，无精打采地说道："是呀……只要我这边的生意能赚钱，其他我没意见。"说完又从单肩包里翻了翻，掏出一个塑料袋，里面满满的全是药马。

这是佐久间和宪事先商量好的报酬的一部分。

"接下来也给我好好干。"宪把塞满药片的塑料袋推了过去。

"好的，包在我身上。"佐久间微笑着接过了药。

★

大友秀树 二○○七年 六月二十七日

　　七天后，上午五点四十七分。县警厅的停车场弥漫着一层薄雾，一辆车从中驶出。那辆车是便衣警车，没有警笛，看上去就像普通家用车。

　　"哦？大友检察官的父亲住在那个森林花园里？"

　　一名稍年长的刑警手握着方向盘，听他的口气应该是知道森林花园是高级的收费老年公寓。

　　"啊，嗯。"坐在副驾驶的大友应道。

　　工作日的清晨，这条通往县内第三大城市久浓市的县道还很通畅。后座的椎名助理检察官正呆呆地望向窗外。

　　天空阴沉，但并没有下雨。

　　大友和负责带路的刑警聊家常聊到了父母的护理。

　　"我们家别说高级老年公寓了，就连普通的收费养老院都没那个钱……哦，不好意思，我可不是在调侃你。"

　　"没事。家庭护理挺不容易吧。"

　　"嗯，我老婆都有点神经质了。"

　　刑警心事重重地皱起了眉。他说他母亲腰不好，一直在家照顾着。他家一对夫妇、两个孩子、一位母亲，护理的事就全落在了他妻子头上。

大友想起了介绍森林花园给自己的佐久间曾经说"家庭护理是对日本的诅咒"。越是那种人手不够，由一个人专门承担的小家庭就越容易出问题。大友没资格给这位刑警任何建议，他自己家里的事就全交给了妻子。

"现在媒体报道得挺凶的，对森林花园有什么影响吗？"刑警问道。

森林公司事件如今是全国人民关注的焦点，总有说不完的话题，什么为了逃避处分策划集团内业务转让啦，董事长接连参加各个电视台的时事类节目啦，等等。电视、报纸、杂志等所有媒体每天都在持续报道。

最终森林公司决定出让护理业务，事情暂告一段落。由此而无法接受护理服务的人是否会成为"护理难民"呢？这个担忧又成了后续关注的倾向。

"好像没什么大问题，"大友答道，"那里没有护理保险。"

处罚规定出台后不久，负责人就来了消息："我们保证今后仍将继续提供品质相同的服务，请诸位无须担忧。"森林花园并不存在此次被视作问题的违规行为，它有独立的预算，经营状况也不错，即便上头的总公司换了，对那里来说也就是换个冠名的事，并无太大影响。

安全地带。

以前佐久间这样说过。他说，哪怕森林公司倒了，森林花园也会存活下去。讽刺的是，事情似乎真的如他所说。

其实更让大友不放心的，是这个佐久间已经联系不上了。

前两天大友给森林公司总部打过电话，一个男的告诉他："非常抱歉。佐久间因为个人原因已经离职。"

随后他又打佐久间的手机也打不通，似乎已经销号了。

考虑到眼下森林公司的情况，离职这事本身也没有多不可思议。但大友觉得至少可以跟自己说一声，而且自那之后就失联了，这就有些蹊跷。森林公司那边接电话的人语气也有些咬牙切齿，看样子也不像是一次和平的离职。

"高级老年公寓就是放心啊。我们家如果中彩票，我就能把老母亲送进去了。"刑警略带自嘲地说道。

放心……？

大友在思考。确实森林花园可能是个让人放心的安全地带。可入住就要花费上亿。

正如刑警所说，普通人除非中彩票否则根本住不进去。大友自己也一样，父亲能住进去，自己恐怕没戏。

据报道，森林最近的财政决算是赤字。这说明并不是旗下所有护理业务都像森林花园这样有着稳定的经营状态。

现在森林公司违反护理保险法的问题和其董事长挥霍的私生活受到众人关注，容易给人以森林公司靠违规操作大肆营利的印象，实际情况却是即便它违规了，仍无法摆脱经营赤字的困境。

接下来森林公司要出让业务，可能否找到一个包括赤字部门在内全盘接手的企业呢？就算真有这样的企业，恐怕也会趁收购的机会做出一些合理化调整吧。

既然是商业，合理化调整是理所应当的。不盈利的部门就休业或者废除。可换个角度说，护理还是一种社会福利。因为不挣钱就将已经开始的业务废止，那么它的服务对象，尤其是那些依赖护理才能生存的人，他们的生存权将受到威胁。"护理难民"一说并非虚张声势。

　　事态发展至此才让大友清楚地明白了，曾几何时他感觉到的"护理生意"这个词组的不和谐究竟意味着什么。

　　这样的违规并非单纯的偶然，而是堆砌在国家之上的扭曲导致的必然。

　　森林公司的沸沸扬扬和老婆婆为进监狱而坚持的偷盗，这些难道不是同一现象的不同角度吗？

　　自己的家人身处安全地带又来担忧这些问题，或许是一种虚伪吧。

　　"检察官，就在前面。"

　　刑警的语气较刚才严肃了些，大友的思绪回到现实。

　　车子驶入了久浓市中心地区的街道。这一片在 X 县被称作"年轻人的街区"。

　　在百货大楼四周，还集聚了影像店、百元店、家庭餐馆、便利店、服饰店等全国都能找到的各种连锁商店。

　　眼下这个时间，这里还没有多少人影，街道安静得仿佛还在沉睡。

　　目的地是和街区主干道相连的一条小路尽头的公寓楼。有目击证明，四月份逮捕的抢劫杀人犯古谷良德的共犯坂章之如今就潜伏在那里。

抓捕坂时需要对其住处实施搜查，大友和椎名也将一同前往。检察官经常参与抓捕重犯时的现场搜查。

警方的中型护送车停在了小道入口附近。它主要用来运输行动小组人员，还负责在坂落网后将其押送至县警察厅。这辆护送车也是不带警笛的伪装车，看上去就是辆普通中巴。小道入口还站着两个四处观望的男性。应该是为了预防坂逃窜至此而预备的便衣。

刑警将车停在护送车后方，开始通过无线电联络。

"抓捕很快开始。请再稍等一下。"

行动小组的刑警们已经朝公寓去了。大友等人顶多只能算是"看客"，在坂落网之前将在此等待。

"居然是在这样的市中心……"

后座的椎名朝窗外瞥了一眼后自言自语地嘀咕道。

虽说是大隐隐于市，可这里离车站这么近，作为在逃犯的藏身之处也太过张扬了吧。

"他为什么要回这种地方来呢？"椎名不解。

据说坂曾一度逃窜至县外，最近却又跑了回来。站在抓捕一方的立场来看，这无异于自投罗网。

刑警从鼻孔发出哼哧一声，苦笑道：

"坂那小子肯定以为已经避过了风头，虽然为以防万一，生活上还比较低调，但肯定觉得已经不会有人抓他了。"

警方在追捕坂的过程中，一直没有对外公开古谷供出了共犯这一消息。直到现在媒体都还报道古谷是单独作案。下月初即将对古谷进行公审，那将是警方的最后期限，他们计划到那个时候再改变方针，进行公开追捕。

"你是说，他以为古谷替他扛下了所有罪行，这才放心回来了？"

"没错。坂这次的藏身处，是以前暴走族团伙的房间。除坂之外还发现有另外几个团伙成员进出。看起来那里并不算是藏身处，更像个聚会场。"

"他就不担心古谷或许会把自己供出来？"椎名还有些不死心似的追问。

"那些小流氓大部分头脑简单，骗人、出卖都很随意。可反过来呢，居然又认为自己不会被骗，不可能被出卖。嗨，别说那些不法分子了，人活着差不多都带有这样的短视和愚蠢。"

刑警以老练而冷峻的口气谈论着他的人生观。

车窗外变得晴朗了一些。看来今天将是梅雨季节的一次中场休息。

"嗯？"刑警的声音略显诧异，视线随即看向倒车镜。

大友跟着看过去，是一辆白色轿车顺着大路开来，打算停在他们后面。那并非警方的车辆。

不知这辆车作何打算，大友于是紧盯着，却见车上下来一名男子。他的头发如同车身一样白，在清晨阳光的照射下几乎看不见脸。他朝着大友等人所在车辆旁边的自动贩卖机走来。

"哦，是来买烟的。"刑警嘀咕道。

那人似乎只是为了买烟才碰巧把车停在这里。

大友不经意地透过车窗观察了那人一阵子。他远远看到了那人买的烟的包装盒，那个特征很明显。虽然只是一瞥，不过大友已经知道那人买的烟是什么牌子。

是短支的 PEACE 牌香烟。

父亲爱抽那个，家里也曾经有很多那样的深蓝色的小烟盒。

短支 PEACE 是日本烟草公司生产的烟里尼古丁含量最高的，而且是无过滤嘴的。"PEACE 这烟跟《圣经》有很深的关系，抽它也算是一种信仰的方式。"——父亲给自己找了这么个莫名其妙的吸烟理由。

PEACE 的包装盒上印着一只金色的鸟。他说那只鸟就是《圣经·旧约》里的鸽子。嘴里叼着橄榄枝回到方舟，向逃离了洪水的诺亚传递大地安宁的那只鸽子。

白发男子买完烟后回到了白色轿车里。

听说现在抽 PEACE 这样重口味的烟的，几乎全是上了年纪的人。

那辆轿车开走后，无线电里传出了警察的喊声。

"抓住了！疑犯已经抓捕。"

"走吧。"

"好的。"大友朝刑警点点头，和椎名二人下了车。

小路的宽度勉强可以会车，路两边排列着高楼和低矮的民房。跟经过二次开发的主干道相比，这里的街景就显得不那么和谐了。

行至公寓楼前，已有数名穿着制服的警官守在入口处。便衣碰巧在这时押着三个年轻人从里面出来，其中金色头发、穿背心、体格健壮的那个就是坂。剩下两个应该是他曾经的伙伴。他们被带走了，并未做任何反抗。大友并没看清对方的表情，他知道他们在往后的审讯过程中会常见面。

大友和刑警一起走过大厅，走进公寓。墙壁重新粉刷过，平整而光泽。建筑本身应该有年头了，可能是季节的关系，走廊上流动着一股霉味。

坂藏身的房间在二楼走廊尽头，房间里有四名戴着口罩的侦查员正无声地搜集着证物。玄关附近站着一个不知所措的 POLO 衫中年男子，应该是房东或公寓管理员。警方对房屋进行搜查时，必须有居住人或者等同性质的第三者在场，为的是防止搜查过程违法。这名男子一看就是被临时要求来这里的，一副很不情愿的样子，只是傻站在那里茫然地看着，一句话也不说。

这种稻草人似的群众监督对执行搜查的警方来说最适合不过。大友从他身旁走过，进了房间，为了不碍事就在角落找地方坐下静静观察。坂明天就要被押送到检察厅。大友仔细观察着房间的布置和氛围，希望多少有些发现，好为明天的对峙做些准备。

房间是两室加厨卫的构造，两个房间分别是卧室和客厅，摆着床和餐桌。屋里的空气沉闷，有种懒散的腐臭。

客厅里散乱地摆放着漫画杂志、CD 和 DVD、游戏机等各种物件。大友这才反应过来这儿的确像是个年轻人的聚会场所。

侦查员们将一捆信件、笔记本电脑和手机等物品纷纷装进用于查抄证物的纸箱里搬了出去。警方应该会再进行仔细的核查，看是否残留有犯罪证据的相关资料。

寝室里的床已经被翻了过来，藏在床底的那些黄色包装的小瓶子已被查抄。那是名为"RUSH"的违禁药品，表面上作为空气清新剂售卖，实际上却是类似于兴奋剂的精神药品。这东西长期以来都未被列为药品法的管制对象，公然在成人用品店销售。从去年开始进行管制后，基本上已无法通过正规途径买到，所以这些东西很可能是非法入手的。从数量上看，应该不光是自用，或许是用来散卖的库存。

"坂跟黑社会有什么关系吗？"大友问刑警。

"没什么太深的关系。最近这些年轻混混都差不多。黑社会也老龄化了，挤了一堆老人。年轻人进去就只有挨训的份儿，没什么好结果。"刑警挠着头回答道，"而且，现如今也不用加入什么大型组织，靠手机和电脑就能干出许多坏事，买卖毒品、电话诈骗、高利贷等。混混们喜欢找年轻的同伙一起干这些来钱的买卖，这是最近的潮流。这些可以算是新兴犯罪团伙吧，规模虽小，但取缔起来却十分麻烦。时代变啦……我是不是上年纪了，总讲这种话？"

大友在之前任职的千叶县也听过类似的话。这恐怕是全国范围内的动向。

"哎？"椎名忽然叫了一声。

"怎么了？"

"那个……那不是 U 盘吗？"

椎名指了指房间一隅简易橱柜上放着的烟灰缸。那是个较大的铁烟灰缸，现在被当作了装细小物件的盘子，里面放了些徽章啊钥匙串之类。

椎名从中捏起一个指头大小的东西。"你看！"他大声说着，将东西掰成两半，露出一个银色插头。这是用来存储数据且方便携带的 U 盘。它还不到两厘米长，不过可承载的信息量远远超过百科词典。这当然也属于该查抄的证物。

"嘿，还有这么小的呢？"刑警不可思议地盯着 U 盘，看来电子产品并非他强项。

"我也有个一样的。很方便呀。"椎名将 U 盘塞到刑警手中。

"这种东西也给歪门邪道提供了便利，这才不好办呀。"刑警拿指头夹起那个极小的存储装置，脸上露出苦笑，重复了刚才的话："时代变啦……我是不是上年纪了，总讲这种话？"

★

"他" 二〇〇七年 六月二十七日

同一天，上午七点二十八分。"他"吃完从便利店买来的面包算作早餐，然后把香烟开封。

深蓝色包装，金色的鸟——短支 PEACE 牌香烟。鸟的嘴上好像还叼着树枝，可能有什么说道，但他不知道。

重口味的香烟越来越不受欢迎了，这个牌子最近在便利店里几乎买不到。这附近的话也只有久浓市区的自动贩卖机里有，所以今早还得专门跑去。

这个烟没有过滤嘴，尼古丁含量又高，所以更符合"他"的要求，可是"他"其实并不抽烟，也不是说非 PEACE 不可。

只不过 PEACE 一直以来的效果都不错，用它也算是图个好兆头。

"他"将几个简单的实验道具在桌上摆好，好像小学里的自然课。

烧杯、酒精灯、三脚架，还有两个针筒。针筒在一般商店里不容易买到，所以通过网购，剩下的全是在路边的家居用品超市买的。

"他"往烧杯里兑水，熟练地将烟纸一根根剥开，烟丝放进水里。待到一包十根的烟丝全放进去后，烧杯就可以放到酒精灯上点火加热了。水被酒精灯的火焰加热，不一会儿烧杯内的对流就让烟丝上下翻滚起来。烟丝翻飞着吐出藏在其中的成分，把沸腾的水染成红褐色。

待溶液泛起深沉妖艳且邪恶的色泽时就可以关火，盖上烧杯常温冷却。过一会儿等烧杯温度降至手指可触摸的程度时，用茶滤将烟丝滤掉，同时也将溶液移至另外的烧杯里。

这样尼古丁溶液就完成了。

它肯定含有杂质，也不知道准确浓度是多少，但这玩意儿并不需要精密性。只要溶在里面的尼古丁比致死剂量更多就行。

"他"用针筒吸入五十毫升以上的溶液后盖上，随后又再吸了一管，以防万一。

针筒放进收纳盒，最后放到一个尼龙材质的黑色包里。

之后"他"从房间一角的架子上取出一个笔记本和一个小小的饼干盒。

笔记本是用来记录迄今为止的"调查"和"处置"的。今天夜里，将进行新的"处置"。

候选人有两个。八贺朝日住宅区里叫作绪方佳津的老太，或者住在八贺市北部丘陵地区云雀丘上一座独门独户小楼里叫梅田久治的老头。二人都几乎瘫痪又孤身一人，白天偶尔有家人来照应。半夜溜进去的话多半只有他们自己，应该可以轻易"处置"。他们都是一个人生活，夜里房门很有可能是关着的，不过两边的钥匙也都已备好。

"他"打开饼干盒，里面有好几把钥匙。"他"想了想，取出了其中一把。

绪方佳津"调查"得更久，今晚就"处置"她吧。梅田久治是下一个。

"他"把钥匙塞进包里，笔记本和饼干盒放回原处。

准备工作结束。只剩静候夜幕降临，但过程并非想象中清闲。

看看时钟，八点已过不少。

得赶紧出门，上班要迟到了。

★

斯波宗典 二〇〇七年 六月二十七日

同一天，上午八点五十二分。斯波宗典走进八贺护理站的办公

163

室时，已经有几名正式职员和临时工来上班了，他们正在一边喝茶一边说笑。

"早上好。"

"早上好。哦，对了对了，斯波啊，你是不是知道，睦美和优优，到底是哪个？"

刚打完招呼对方就这样问道。

斯波耸了耸肩："嗨，我也不知道。"

报道说睦美教育和优优都有意收购森林，细节消息并不会通知到斯波这样的底层员工。

反正自厚生劳动省公布处罚结果至今已经过了三个星期，八贺护理站还是和以往一样继续营业。

这里的服务对象超过二百五十名，是市内最大的提供上门服务的护理站，可想而知，一旦终止业务将会造成极大的混乱。就连市保健部都约谈他们，"希望可以继续营业"。

估计全国所有营业所均为同样的现状。这是一个怪异的矛盾，整个公司被责令"停止护理业务"，个别营业所又被要求"继续护理业务"。

"早啊。"背后传来一声低沉的招呼声，是团站长来上班了。

那些临时工把刚才问斯波的问题又拿去问团。

"唉，我也不知道啊。"团打着哈哈道。

斯波打完卡，看了下排班表。今天白天他还是司机兼护理员，替客户进行上门服务。他随后打开挂在墙上的钥匙箱。

钥匙箱里挂着许多替客户保管的钥匙，有不少瘫痪或患有失智症的客户无法自己开关门，若又是一个人生活或者上门服务的时间段家属碰巧不在家，就需要使用事先保管在这里的钥匙。营业所内人多手杂，钥匙箱是上了密码锁的，开锁密码只有正式员工知道。

嗯？

斯波拿出今天要去的那家人的钥匙，感觉到一种说不上来的不对劲。

他仔细观察手里的钥匙。

这是今天排第三的客户梅田久治家的钥匙，似乎跟平时的钥匙有点儿不太一样。

是什么呢？哪里不一样？

斯波的思考被一声怒吼给打断了。

"压榨弱者的血汗，你们这帮国家的蛀虫！"背后有人喊了这么一句，随后是巨大的"咔嚓"一声。

他回头的一瞬间，感到外面潮湿的空气一股脑儿地吹在了脸上。

"呀！"

"啊！"

站在窗边的几个人惊呼着躲开。

窗户破了个大洞，玻璃碎片散落一地。斯波看到窗户的另一边，一个身穿黄色外套的男子正在逃离。

"啊？这什么？"

"石头？"

"大家没事吧？"

斯波跑到窗户边。

"嗯。"

"吓我一跳。"

幸好，没人受伤。

一个用报纸包裹的棒球大小的石头落在地上。

"砸进来的就是这玩意儿？"斯波捡起石头。

他打开报纸，发现上面笔迹潦草地写了"天谴"两个字。

这应该是一个对护理行业情况一无所知的人，因为媒体散布的消息而义愤填膺，最后冲动行事。

单薄至极的正义之语。

一个站在斯波身后的临时护理工盯着字迹愤慨道："这算什么呀！我们干什么了？太胡来了！"

单薄的纸片造成的割伤，很痛。

她的眼眶挤满了泪水。

那种悔恨，在场所有人都感受到了。

六月六日公布处罚决定后，营业所收到大量的相关咨询，还有不知该算投诉还是恶意挑衅的电话。大部分工作人员都没做过什么该被问罪的事，相反，几乎所有人都不顾低廉的报酬，心怀善意地投入工作当中。

"为什么我们会遭到这样的对待？！我受不了啦！"

那名护理工有些失控地泄愤道。不久前谈笑打听小道消息的片刻仿佛一场假象。

在场很多人都认同她的话，表示愤怒。

不妙……

斯波用他还算冷静的头脑思考着。

砸进来的只是一块微不足道的石头，却有着十足的分量引爆众人心中郁积至今的愤懑。搞不好这件事还会引起大量的人员离职。到那时，这个护理站的业务也将毁于一旦。

"对不住大家。"这个声音低沉而有穿透力。

众人转头一看，是团，他低垂着苍白的头。

团抬起头环视众人，语气沉着地说道："各位的痛苦和悔恨我很理解。我也是同样的心情。不管总公司怎么样，我们自己从没做过亏心事，更不应该被骂作蛀虫。可现在各位如果放下手头的工作不管，那么真正伤害的不是刚才扔石头的人，而是需要我们服务的人。许多老人和家庭将失去依靠。我们的工作，绝对是这个社会不可或缺的。我们有自己该做的事。舆论的批判总有一天会收敛。请各位暂时忍耐一下。真的对不起大家。"

团再次深深垂下了头。

"团站长……"

"你抬起头来呀。该道歉的也不是团站长。"

"就是。我们气归气，眼下才不会辞职不干呢。对不对？"

"对对。越是这种时候，咱们越应该卖力呀。"

众人你一句我一句地说着。团的话让他们都冷静了下来。

一阵短暂的嘈杂过后，营业所很快又恢复了平静，众人打扫了玻璃碴儿，用纸箱临时修补了一下破掉的窗户。在团的主张下，他们没有立刻报警，而是将受损状况拍下来当作证据保留。如果接下来再有同样的情况发生，到时再去找警察商量。

团是个稳重温和型的领导，但需要决断时也毫不含糊。他同样作为护理工积极地投入一线工作，无论在正式员工还是临时工当中都颇有威望。

有自己该做的事。

团的这句话完美地表达出了斯波心中的某种使命感。其他一些员工和临时工也都为了干护理这一行，专门去考了资格证。他们对这句话一定也有各自的感触。

斯波不知道八贺护理中心之外的职场是什么状态，但有团这样的负责人在无疑是幸运的。

"好吧，打起精神来，今天也要鼓足干劲。"

在团站长精神十足的鼓舞下，护理员们走出了营业所。

斯波于是再次从钥匙箱里取出钥匙，仔细观察起来。这就是一把普通的锯齿状钥匙。

哦，原来是这里。

他明白了方才一直感觉不对劲的究竟是什么。

钥匙柄上刻着的厂家名称不一样了。

钥匙的厂家名称这东西一般可能没人留意，也不会注意到有什么不同。但斯波明白。斯波已去世的父亲开的就是五金店，也配过钥匙，打小时候起他就经常见。

钥匙柄上刻着这把钥匙的生产厂家的名称，而生产厂家又分原生产厂家和专配钥匙的厂家。也就是说，光看厂家名称就知道那把钥匙是厂家原配的还是事后另配的。

最后一次上门服务的时候，梅田久治家的钥匙还是原配的。现在这把是另配的了。

为什么会这样？

斯波能想到的可能性只有一个。

某个护理员擅自配了钥匙，换掉了原来的那把。

★

佐久间功一郎 二〇〇七年 六月二十七日

同一天，晚上十一点五十分。涉谷圆山町某情人酒店。

"我前不久还在老家的一家护理机构工作呢，是个护理员。"

贴满镜子的浴室，一起泡在浴缸里的女人说道。

"那是一份提供上门洗浴服务的工作，专门去老头老太家里，帮助他们洗澡。男人这东西，就算上了年纪也净是色鬼。我都不知被骚扰多少次了。有摸我身体的，有说下流话的。我受不了，发了通火之后辞了工作。"

佐久间看她在抚摩自己的时候还聊着那些，不禁苦笑了。

"那你怎么干上这个了？"

"唉，去做护理然后被性骚扰，跟自己出卖色相那感觉可完全不同。而且赚的钱也不是一个档次。哦，对了对了，干色情服务的女人里，有不少以前是干护理的呢。"

她将佐久间的性器轻轻握在手掌中，慢慢摩擦着。那手法略显生疏，看来她说才干这行不久应该是真的。

"是吗……你是在哪里？"

"八贺你知道吗？ X县的。那个城市里人不少却没一点活力。我辞掉护理的工作，又找不到什么正经事做，于是就上东京来啦。"

她说自己来东京后，被一家模特经纪公司看上了。所以她的职业算是模特，据说有时候也作为群众演员演一下电视剧。

佐久间所消费的高级色情中介专门和谎称模特经纪公司的地方签约，保证姑娘的质量。

在老家没找着"像样的工作"，难道这种以色情服务为主的模特行当是"像样的工作"？佐久间心里也动了调侃的念头，不过他更想知道的是另外一件事。

"没问你地点，问你护理公司呢。你以前在哪家公司干护理员？"

"哦，嘿嘿。其实我就是在森林公司呀。我辞职没多久公司就变成这样了，真是吓我一跳。"

X县，森林。这奇妙的偶然让佐久间不禁笑出了声。

前不久卖掉的数据里，一定也有性骚扰这姑娘的老头的信息。因果的线总是系在意想不到的地方。

"有什么问题吗？"姑娘不解地问。

"当然没问题。"

洗完澡后，他们做了两次，当然都吃了药马。他选择了包夜，所以不用在意时间。

曾经是护理员的姑娘可能本性老实，很听佐久间的话，服务也很细致到位。吃药好像也是第一次，看样子有些畏惧，不过佐久间让她吃她也就顺从地吃了。

"这周日我还要跟公司里其他姑娘一起去当志愿者呢。"

第二次结束后，二人在床上懒洋洋地抱在一起时，她说道。

"志愿者？"

"对呀。护理员的工作干不下去了，不过我还是想给别人提供帮助，所以就去做志愿者咯。去儿童医院跟小朋友们玩，读绘本给他们听。他们可高兴啦。医院的工作人员也说了，现在的社会制度呀，帮助小孩的制度要比帮助老人的少太多了。"

"是吗？"不知为什么，佐久间感觉自己有些喜欢上这个姑娘了。

他抱过她的头，舌头狠狠地跟她的纠缠在一起。柔软的快感从舌尖传来，像一条小鱼在周身游荡。

脑子里的药劲儿还没过，保持着高速运转。明天的样子，后天的样子，一年后的，十年后的。自己常胜不败的未来在脑海中被详细地模拟了出来。

佐久间想，下一次他还要点这个姑娘。

第二天早上让姑娘走后，佐久间转了几家银行，取出了大约两百万现金。

去年银行开始限制 ATM 机的取款上限，急需大笔钱的时候就很费事。虽说这样做是为了防止汇款诈骗，但佐久间知道这点把戏根本起不了多大作用。

佐久间手里拿着两百万现钞，朝道玄坂附近的邮局走去。

他要捐款。

"谢谢，这是我最棒的夜晚。"——分手时姑娘亲他脸颊这样告诉他时，他想到了捐款。

在业务窗口咨询一番之后，他将两百万分别捐给了两个对失依儿童施以援手的团体。

梅雨季节的天空，从早晨开始就一直像要下雨，不过他此时的心情却是阳光灿烂的。

这才叫不伪善，这才是所谓的善。

我靠真本事，赚钱不择手段，然后再像现在这样回馈给社会。我把烂在老人怀里的钱送给真正需要它的人。比起那些死盯着所谓正确的伪善者来说，我要正确得多。

没错，比起那些背地里把自己的父亲送进安全地带，表面上还道貌岸然的人来，我要崇高得多。

然而还不够。光这样还不够，我还要去更高的地方。

为完成这一目标首先需要独立。要不了多久，我就要把宪手里的人脉连根拔起，靠自己做起更大的买卖。

眼下他已有不少打算。利用老人们的负面情绪榨取油水，比如说投资诈骗。对于那些手头捏着大把存款却对未来放心不下的老人，就给他们提供"赚钱"的方法。这样得来的利益必然比汇款诈骗多了不知几个数量级。

准备工作也已经开始了。

佐久间已经开始收买那些汇款诈骗的"业务员"，暗示他们一旦打算脱离宪的控制时就跟着自己干。同时他还在一点点地疏通渠道，试图直接从药马的上游卖家手里拿货。

很顺利。更高的地方。我要永远赢下去。

佐久间顺着道玄坂往下，朝车站走去。人行道和马路相接之处，一个被揉作一团的纸屑被风吹动着向下滚去。从高处往低处。

接到宪的电话是在当天傍晚时分。

去千住"分店"转了一下之后，佐久间回到向岛的公寓休息，那是他的栖身之所。

房间的一角摆着一个小鱼缸，里头游着一条小鱼，周身是妖艳的青色和黄色。他一时兴起买了这条热带鱼，名字已经忘记了。

他的头脑很清醒，身体却不明缘由地感到倦怠。最近吃药做爱过后第二天总是这样。但是就连这倦怠感也让他感到舒适。

"佐久间，你小子打算背叛我？"

电话里传来低沉却愤怒的声音。看来独立计划暴露了。

这就非常棘手了。

"别，你等等。你说什么呢？"

"少装蒜！你没跟手下说让他们跟着你干新的买卖吗？"

"没，误会了。新的买卖那也是说我的副业，就是数据转卖那些。我要真想干肯定也会先找你商量，赚了钱也会分你一份。"

佐久间首先想到的是圆个谎糊弄过去。

"你少跟我废话！看最近生意不错，你就目中无人了！"

"你别急啊，宪，我都跟你说了那是误会。我根本没有瞧不起你。"

这是谎话。佐久间盘算着早晚要分道扬镳，但现在还不是时候。

"买卖做得不错，我可能是有些飘飘然，可那全是仰仗有你在。我还得感谢你呢。要不然，咱们现在赚的钱你可以再多分一些。"

"……"

只要给宪实质性的好处，他最终一定会妥协。不用想他也知道，维持良好的关系对他有好处。

"我说，我怎么可能背叛你呢！这样吧，今晚一起吃饭。我请客吃寿司。"

"哼！"电话里传来宪从鼻子里发出的声音。那代表着同意。

眼下这一关算是过了。可是二人之间的信任关系显然已有了裂痕。无所谓，本来他和宪之间有没有称得上信任的关系还是个问题。

为了摆脱宪，是时候做出一些具体的行动了。

鱼缸里色彩妖艳的鱼就像要死似的游得没有一点儿精神，可能因为一直没人照顾吧。

佐久间应该明白的。

比起得失来，人更容易受负面情绪影响而付诸行动。其中尤以羞耻心和恐慌最容易让人有所动作。佐久间明明应该明白这个道理，却让宪蒙羞，让他感到了不必要的恐慌。

那正是佐久间的败笔。

第四章

长传 二〇〇七年 七月

大友秀树 二〇〇七年 七月十六日

上午九点五十五分。大友秀树打开了办公室的空调。出风口吹出凉风，让如蒸笼般的房间开始冷却。

"听说从今天起就正式进入夏天啦。"

椎名助理看着阳光顺着百叶窗的缝隙溜进房间，开口说道。

带来连绵大雨的四号台风昨天才走，窗外是夏季典型的蓝天。

更加不负众望的是，今天是七月的第三个星期一。对于外面的世界来说，今天是法定节假日——海洋日。全家旅游其乐融融再适合不过了。

当然，刑事案件并不管什么双休日、节假日，随时都在发生。检察厅不分年初、年末，全年无休。检察官也不能按照日历休假。

"如果今天放假，倒是可以去海边玩玩。"

"海边？在游戏里随时都可以去啊。"坚决贯彻室内生活的椎名道。

大友脸上露出苦笑，心里却想等孩子再大一些后一起玩玩游戏或许也不错。问题是他有没有那个时间。

大友重新回座位坐好，开始检查从法院送来的逮捕令。

今天下午，将按计划对上个月月末搜查其住处并实施逮捕的坂章之进行再一次逮捕。

《刑事诉讼法》规定，针对一种犯罪嫌疑的逮捕只可实行一次，检察厅方面最长拘留期限是二十天。如果是抢劫杀人之类重大刑事案件，这点时间并不足以充分调查取证，所以一般做法是：起初先以某个易定罪的轻度犯罪嫌疑逮捕，争取一些拘留时间，中途再换成重大嫌疑进行二次逮捕。这样一来就可以将拘留时间最长延长至四十天。若是嫌疑人拒不认罪或者是复杂的经济案件，也可能进行三次逮捕以获得更长的拘留时间。

这次坂的案子，迄今为止是按盗窃嫌疑逮捕拘留，今天则要按抢劫杀人嫌疑再次逮捕。

坂并没有像本案共犯古谷那样轻易招供。但随着侦查的进行，他基本承认了杀害古谷舅爷关根昌夫并携款潜逃的犯罪事实。从今天起再有二十天，应该可以确保起诉。

放在桌上的手机忽然振动起来。

大友看了看号码，觉得有些意外。那是一个"03"开头的东京号码。

"喂，我是大友。"

"我是宫崎。还记得我吗？"这是一个久违的声音。

"当然记得。在神奈川时承蒙您关照。"

打来电话的是警方的人。大友刚成为检察官不久去横滨地方检察厅赴任时，他是神奈川县警方搜查二科的科长。他是所谓的"仕途警官[1]"，跟大友出身同一所大学，是比大友年长九届的学长。

检察官和警察之间的关系中包含有某种紧迫感，仅"协助"一词难以概括。但宫崎是那种不太让人感觉到这种关系的人。可能也因为是校友，他对新上任的大友颇为关照。每年的贺年卡二人还相互寄着。现在他应该是在警视厅的组织犯罪对策部担任科长了。

"有个事我想先跟你说一声。"宫崎的话里有一丝威严。

"好。"

"佐久间功一郎这个人，你认不认识？"

"佐久间……？"这是个意料之外的名字，大友不禁反问了一声。

"对，佐久间功一郎。现在让媒体大动干戈的森林公司的员工。准确地说，应该算前员工吧。"

"啊，是。我跟他是同年级的同学。"

"听说啦。也就是说，他也算我的学弟……这个佐久间死了。前天夜里从楼上摔下来了。不，是被推下来了。他杀。"

---

[1] 仕途警官：日本警察身份有"国家公务员"和"地方公务员"两种。前者通过国家公务员考试成为警官，日后直接进入警察本部、警察署以及警察厅成为管理层，也被称作"仕途警官"；后者通过地方警察厅筛选考试成为警官，主要在派出所、警察局等第一线进行工作。大部分警官属于后者。

大友说不出话来。

佐久间死了？他杀？

"案发现场在荒川区南丁住的　栋公寓楼。嫌疑人是犬饲利男，三十三岁，人已经控制住了。他是个犯罪团伙的头目，在东京北部到埼玉南部一带多次作案。现在很多这种非黑社会性质的年轻犯罪组织，表面伪装成正经公司，其实是半黑社会性质的犯罪团伙。你那里也有吧？"

"嗯。"

"佐久间离开森林公司后，和这个犬饲勾结进行汇款诈骗。利用的就是他从森林公司偷窃出来的客户数据。他们自己用不上的数据，好像还对外贩卖了。两人似乎赚了不少钱，但他和犬饲闹翻了，就落得这个结果。他这算是不小心一只脚走上了歪路，结果万劫不复了吧。"

"有这回事……？"

大友勉强应和着，脑子里却一片混乱。

偷窃数据？汇款诈骗？当听到非黑社会性质的年轻犯罪组织那里时，他还想起了前不久刚搜查过的那座公寓。佐久间也在那种组织里？

"这个佐久间的遗物里有你的名片。你们之间有过来往？"

大友觉察到宫崎话语里的威严更盛了。这不是他所谓的"有个事要告诉"，这应该是一通取证的电话。

大友努力平复着心情，尽量冷静地回答。

"是。我父亲需要护理，去年十一月我托佐久间替我介绍了一所老年公寓。当时一起吃了个饭，交换过名片。"

"护理父母啊……对我们这样的人来说，真是个头疼的事。"

警方管理层也好，检察官也好，都是调动频繁、负担极重的工作。据说，其中很多人都为家庭问题手足无措。

"那么，当时佐久间有没有什么反常的地方？"

"没什么特别的……只听他说了一些护理行业的内部情况。不过……"

"不过？"

"他看上去多少有些攻击性，当时我也确实感觉他有些危险。那之后，四月时我还给他打过一个电话，那时候他对业界的违规现象显得不以为然，我也比较担心。"

大友一边说一边自己也在回忆。电话里的佐久间，给人一种罪犯的感觉。当然，当时他并没想到对方真的会犯罪。

"是吗，其实……佐久间常年服用兴奋类毒品，据查，他跟犬饲的交情也是从毒品买卖开始的。去年十一月那时候，他很可能已经成瘾了。你所察觉的'危险'，有没有可能是因为这个？"

毒品？

以前办案时大友也接触过吸毒成瘾的罪犯，也知道有什么特征。可是带着审视的态度观察罪犯时，和跟朋友聊天时关注的点完全不同。当时的他全然没有任何怀疑。

"吸毒成瘾的症状……对不起，当时我并没注意到。"

"嗨，除非出现十分明显的戒断症状，否则想一眼看出来是很难的。佐久间从森林辞职后，你联系过他吗？"

"联系过。森林公司当时闹成那样，我打过好几次电话，但一次都没通。"

"真的？"

对方在提醒自己注意。不过，这应该不是在怀疑自己。

"真的。"大友简短地答道。

"知道了。总之，我就是想告诉你一声关于佐久间的事儿。今天公休吗？"

"没有，在检察厅呢。"

"是嘛，咱俩都够忙的呀。"

之后二人又寒暄了两句就结束了通话。

大友再次回想去年一起吃饭时佐久间的模样。

情绪亢奋、多话。若说他是吸毒成瘾，那倒也说得通。但是，他本来就是开朗、强势且爱说话的人，语气和说话时的动作也几乎和高中时一个样。

当时的佐久间谈论森林的业务时，说它多么顺利，前景多么无量。可就在几个月后，佐久间却从森林叛逃，偷走数据，开始了诈骗，最后虽获得了暴利却葬送了性命。坠楼。

这不就是犹大吗？

为三十枚银币背叛了主的加略人犹大。

关于犹大的末路《圣经》里有两种记载。《马太福音》中说他上吊自杀了，《使徒行传》里说他身体仆倒，内脏爆裂而死——就像佐久间一样。

佐久间死时的模样大友并不知道，也不知道该不该把他所背叛的森林比喻成救世主。

"没事吧?"

椎名的声音让大友抬起了头,看见一只倒了水的杯子放在桌上。哪怕只是在一旁看着,椎名一定也知道大友内心有多动摇。椎名虽然看起来不谙世事,有时候却比想象中善解人意。

"谢谢。是东京的一个朋友,好像牵涉一个案子。"大友说完这些后喝光了水。

现在回想起来,自己的朋友成为刑事犯罪案的当事人,这对大友来说可能并非第一次。

十四年了。

接到佐久间最棒的传球那天至今,已经过去十四年了。

当时仅数米之遥的距离,如今已是绝望般的隔绝。

生者和死者,检察官和罪犯。

当大友在审讯罪犯时,佐久间在同一片天空下犯下罪行,吸食违法药物,泄露他人信息,诈骗他人钱财,然后像是遭报应似的死去。

为什么?

这些无意义的问题一再涌现。

大友知道,佐久间其实是个有善心的人。

他从很久以前就是个带有攻击性的人,但他骨子里绝不是个坏人。十四年前的夏天,当自己要求停止逃票时,他还支持过自己。就像其他罪犯一样,佐久间一定也是因为某种理由动摇了善性,成了一名罪人。

为什么?

嗯?阿佐,为什么选择了这条路?难道就没有其他选择吗?

大友想问他,不是作为检察官,而是作为旧日好友。然而,他已经永远失去了这个机会。

犹大的背叛在神学界引起过种种论争。为什么背叛?是否包括背叛在内都是神的意志?他得到救赎了吗?他得到审判了吗?

真相谁都无法了解。留下的全都是故事,只不过是依据《圣经》的记载而进行的解释。

佐久间的事情也一样,已经无法解释清楚。

大友感觉自己像是被猛地摇晃着身体。

桌子上的圆珠笔在颤抖,甚至滑动了。屋内的文件夹和文件柜都在发出声响。

这些震动和他耳朵深处的痛楚一样,并非由内心而起的幻觉。地面真的产生了物理性的摇晃。

"哎,地震?哇,还挺大呢。"椎名慢了半拍,这才想起来观察四周。

当天上午十点十三分发生地震,震源位于新潟县中越地区距离海岸数公里的海上,后命名为新潟县中越海湾地震,震级六点八。自三年前中越地震以来,这是该地区首次发生里氏六级以上的大地震。

距离震源不远的 X 县同样震感明显,县政府所在地的 X 市记录震度为三级。

★

斯波宗典 二〇〇七年 七月十七日

第二天，晚上九点十八分。上完白班的斯波宗典开着他的代步车出了八贺护理站停车场。

斯波开着车，朝着跟自家相反的方向驶去。

中途他在便利店停下，买了三个饭团和一瓶乌龙茶算作晚饭。便利店入口处摆着当天的晚报，黄底黑字的大标题《中越海湾地震核辐射危机》十分醒目。听说，受新潟大地震的直接影响，柏崎刈羽核电站发生了小型火灾和微量核辐射泄漏事故。媒体将该事故称为"危机"以博人眼球。现在想想，不久前森林的名字也常出现在那里。

斯波走出便利店，朝着八贺市北部的一个丘陵云雀丘驶去。很多地方城市都这样，从住宅聚集地开车走个二十分钟，路边风景就差不多变成田地了。住宅和路灯开始变少，交通量和人流逐渐沉寂稀疏，路面的施工也是蒙混过关，车子一路摇晃颠簸不停。

开上一条左右都是杂木林的田间小道，再继续开一小段就能看见一座小平房。斯波开车上前，停在了平房斜对面的空地上。

与其称之为平地，倒不如说是杂木之间留出的一块空隙更为合适。附近没有路灯，再加上天色已晚，从外面若不仔细观察恐怕很难注意到这里停着一辆车。

熄火，关车内照明，斯波坐在车里盯着斜对面的平房。

这间房子是半瘫痪的独居老人梅田久治的家，也就是被营业所里某个人擅自配了钥匙的那一家。

守在这里或许能见到那个人出现。

斯波觉得，把另配的钥匙寄存在了办公室的应该是罪犯——擅自配别人家的钥匙无疑是犯罪行为——的失误。

因为有意识地这样调换并没有任何好处。很可能罪犯并没注意到原厂钥匙和另配钥匙刻的字不一样，所以无意中放错了。那么也就是说罪犯还不知道斯波发现了配钥匙的事。

不知道罪犯是否只配了这一家的钥匙。有可能他也配了寄存在办公室的其他钥匙，只不过梅田家这一把拿错了而已。

罪犯配钥匙的真正目的斯波并不清楚。钥匙是用来开门的，那么最终目的应该还是进到屋内。

斯波想知道罪犯是谁，进到别人家里又想做什么。

一开始斯波打算找别的同事商议，可是又无法保证对方就不是罪犯。因为能打开办公室钥匙箱的也只有八贺护理站的工作人员。

这几天上完白班后斯波都没有直接回家，而是像侦探一样把车开到这里边休息边观察情况，直到清晨四点天空泛白。这算不算监视呢？

他自己也知道这事儿办得挺蠢。

假设罪犯打算使用配来的钥匙擅闯民宅，也不一定就是在斯波监视的时间里。这个可能性应该更高。斯波自身的睡眠时间也因此大幅缩短。他算是睡眠时间较短的体质，可他干着那么累的工作还天天这样，身体也要扛不住了。

即便如此，斯波还是想知道罪犯的真正身份。

斯波在八贺护理站的同事们，从团站长开始往下算，大家都是"优秀的人才"。护理行业的现实很残酷，不能光靠理想和空话，需要人面对现实的同时带着使命感投入工作，而他们就是这样的人。斯波不觉得他们会去配客户家钥匙潜入人家家里。当然，斯波并不熟知同事们的内在。人是分内在和外在的，而且谁都有一时冲动的时候。又或许这个人有着什么特殊的理由。

这事要说是好奇心作祟也不为过，但斯波就是想知道——是谁，为什么？

碰巧梅田久治家门前又有这么一块适合隐蔽和观察的空地，这最终促使他实施了行动。

斯波在心里定好了期限，盯到这个月底。如果到月底还没有罪犯出现，他就去找团站长，告诉他有人偷偷配了钥匙。

斯波从副驾驶座上的塑料袋里拿出饭团。当眼睛适应黑暗之后，简单的吃喝动作都没问题。包装袋上的印刷是看不清了，所以并不知道饭团是什么口味。他买了鱼肉、牛肉和话梅的，反正是其中一种。打开包装塞进嘴里，又甜又辣的烤肉酱的味道在嘴里化开——是牛肉的。

所谓的监视也就是在黑暗里无所事事，但斯波还挺享受。

他伸手去拿第二个饭团，指尖碰到了夹在座椅缝里的什么东西。

那是一个小小的四角形纸包。他很快想到了是什么——辟邪的盐 [1]。

上个月月末，八贺朝日小区的一位客户，独居老人绪方佳津去世了。一般这种时候都是团站长去参加守夜或葬礼，碰巧他有事，所以斯波便代他去参加了守夜。当时拿回来的盐，原来是掉在了这里。

绪方佳津和眼前这位梅田久治有着很多共同之处。年纪都是八十几岁。都是半瘫痪，大部分生活需要借助护理但却过着独居生活。都有家人住在附近，平时也来上门照顾，但关系都算不上好。

斯波有过同样的经历，所以心里很清楚，存在护理对象的家庭很容易陷入一种相依共存的关系当中。负责护理的人和被护理的人都感到一种负担，但前者无法坐视不管，后者也无法撒手而去，因此而痛苦。

绪方佳津也好，梅田久治也好，都对护理员透露过"想死"的心声。现在绪方也算是了结了心愿。

车窗外，隐约传来风吹过杂木丛时轻微的声响。

斯波再次拿起第二个饭团，这次是话梅味的。口腔在酸味的刺激下满是唾液。今晚，罪犯会现身吗？

---

[1] 日本人认为盐可辟邪，所以常在葬礼上分发，吊唁客回家时在家门口取出分别撒在胸前、后背和手脚上。

★

"他"　二○○七年　七月十九日

两天后，晚上十一点三十四分。最后一档新闻节目里正在报道三天前发生的大地震。

电视画面里，一栋白色建筑正冒着滚滚白烟，那是地震当天柏崎刘羽核电站的画面。节目里说那儿受地震影响发生了火灾。还说核废料储存仓的水位大涨，导致极少量含有核辐射的水外泄了。

被当作嘉宾邀请至节目里的专家正强调着核电站的安全性："泄露出的核辐射量极少，不会对附近居民的健康造成伤害""火灾发生的地点是建筑外部变压器，从安全角度说，影响微乎其微""运行中的反应堆早已提前完成自动关闭，衰变热也早已得到控制"……

"他"将记事本在桌上摊开。上面详细记录了迄今为止的"侦察"和"处置"情况。

上一次，六月二十七日晚，八贺朝日小区里的老人绪方佳津，这是第四十二次"处置"。"处置"的频率一直保持在每月一次。一直在杀人。

这算是超级杀人狂了吧。

嘴角露出一丝笑意，那是骄傲还是自嘲，"他"自己也不明白。

接下来准备"处置"的是上次选择了保留的梅田久治，一个独自生活在云雀丘附近的老人。

不可操之过急。为了确保"处置"成功，需要完善的准备。

不着急，慢慢来。

在被称为全世界治安最好的国家，这就是能亲手解决四十二条人命却不被任何人发现的秘诀。

如果存在不确定因素，就慎重地观察情况。而且，为预备充足的时间以防万一，白天只在休息日进行"处置"，晚上只在休息日的前一天进行"处置"，这是原则。

杀人这种事，在细致的思考计划之下就是一道工序。

随着犯罪次数叠加，顺序和手法也不断精炼。这也更加淡化了夺人性命对自己造成的压力，只剩下次次顺利实施"处置"的成就感越来越强。

据说有些战场上杀过人的士兵遭受心理创伤，最后得了创伤后应激障碍。但整体来看那只不过是极少数，绝大多数士兵在战场杀人后并没有留下任何心理阴影，回归日常生活后在家人面前照样谈笑自如。"他"觉得自己十分能理解这种感觉了。人就算杀了人，也是能够理性地接受的。尤其是杀戮并非来自仇恨和愤怒，而是带着某个目的工序化，就更加能够简单地说服自己。

"他"以切身体验学会了这一点。"他"从不会梦见自己杀过的人，也不会陷入被死者纠缠的妄想。有的只是极为普通的生活，以及融入其中的"侦察"和"处置"。"他"像执行工序一样持续杀人。

动机来源无关乎憎恨或愤怒，只是无色透明的杀意。

最开始"他"也没想到自己能持续这么长时间，这倒是事实。

完美犯罪——这是前提，但也伴随着风险。

"没有任何风险。"

电视里的专家斩钉截铁道。

"日本的核电站构建得十分安全。这次的地震产生的摇晃比核电站建造当初预设的震度更强，但还是做到了安全停止作业，没有酿成重大事故。我们应该这么想：这恰好证明了核电站的安全性。日本的核电站绝不会发生堆芯熔化这样的重大事故。"

"他"在思考。

真的是这样吗？

世上哪有什么能谈得上绝对的东西？敢这样断定的人，他们根本没有充分的觉悟。总有一天他们会自食苦果，悔恨不堪。

必须有所觉悟。

"他"这样说给自己听。

风险是有的，没有什么绝对。

不知何时、不知在哪里它就会冒出来。

"他"所做的这些，总有世人皆知的那一天。

只不过现在，碰巧"那一天"还没有来而已。

必须有所觉悟，为了那一天。

★

大友秀树　二○○七年　七月二十日

　　第二天，上午十一点四十分。大友秀树停下了正翻看警方卷宗的手。

　　之前地震的那天按计划对坂章之重新实施了逮捕，这是最新的审讯记录。他详细交代了杀害关根昌夫携款潜逃之后的事情。

　　长时间的拘留和县警侦查一科执着的审讯有了结果，坂几乎全盘坦白了。

　　从材料上看，坂果然以为自己已经顺利逃脱，还尝到了甜头。他以警方搜查的那间久浓市区的公寓为窝点，在进行违禁药品的非法买卖的同时，还打算故技重施，再次以独居老人为目标实施入室抢劫。

　　正好他又未被逮捕，就天真地以为"同伙没出卖自己""自己不会被抓"，进而试图再次犯罪。真是鲁莽至极的犯罪心理，就像是一边车轮都陷进沟里了，却仍在猛踩油门。他的短视和愚蠢被搜查行动开始前的那名刑警说了个正着。

　　只能说，赶在产生第二名被害人之前将他逮捕归案实在万幸。这句话对坂同样适用。《刑法》规定，对于抢劫杀人的量刑只有死刑或无期。大致标准来说，杀一个人就是无期徒刑，杀两个人或更多的话就有可能被判死刑。

大友关注的是事情的后续过程。

坂证实他为了实施入室抢劫，从东京的汇款诈骗团伙那里买来了X县内老年人的资料。搜查现场时椎名发现的那个U盘就是。

他跟数据的卖方没有直接关系，是通过其他同伙的口头介绍找到了对方。买卖的交涉通过非法手段获得的非实名手机进行，资料的交付则是通过快递公司把U盘邮寄过去。他们没有通过网络传输，因为那样会留下记录容易被追踪，反而使用更传统的物流方式不易露出马脚。

将个人信息卖给在东京活动的坂的团伙，县警察本部方面似乎并未对其做出更具体的关注。

但是……

大友想起了几天前警视厅的宫崎告诉自己的那些话。

佐久间就正好加入了"在东京实施汇款诈骗的团伙"。而且他也将从森林偷来的资料拿去卖了。

或许……

大友拿起旁边的座机，拨通了县警刑事部门的内线号码。可能刑事部办公室刚好有人，电话很快通了。

"嗯？U盘数据？"

"是的。就是坂花钱买的老年人的个人信息。那是什么格式的？"

"哦，那个呀，那其实是森林公司泄露出来的顾客名单什么的。"

大友听到了心跳加剧的声音。话筒对面似乎并未察觉到他的

193

兴奋，那名刑警没有迟疑地继续道："县内所有营业所的数据都在里面。这应该是东京总公司出来的东西，因为不大可能每个营业所同时出现数据泄露。森林因为违规将要退出护理行业，公司到了穷途末路的时候管理也就松散了。"

是这样没错，坂有可能从佐久间那里买了信息。

"那个数据，可以让我们在这边检查一下吗？"

"哦，行。复制一份给你可以吗？"

"好的，没问题。"

"知道了。今天之内给你送过去。"

"有劳了。"

放下听筒后，椎名助理看了过来。

"检察官，发现新证据了？"

在旁人看来刚才的行为似乎是代表了这个意思。

"没有，纯属私事。"

椎名一副摸不着头脑的样子。

大友在晚上九点过后查看了县警厅那边送来的资料，他做完了当天的工作，让椎名也先回去了。

这当然也算是在查手头正负责的案件，但其实近乎私事。所以他在完成所有该做的事之后才做，这也算是基本的底线。

数据被刻录到了一张 DVD 光盘里。就像电话里那名刑警说的一样，这应该是森林公司的内部资料。

根目录是一个叫作"X 县"的文件夹，下面分别有"X 中央护理站""县北护理站""八贺护理站"等子文件夹。这些应该就是所谓的各个营业所的资料。县厅所在地的 X 市下设两个营业所，另外，基本每个市下设一个营业所。护理保险的审批是以市区街道为单位划分的，所以营业所的设置也配合了地域。

打开子文件夹，里面不仅有营业所的顾客名单，还有职员名单、工作业绩表、进度计划表等各种相关数据，简直像是把电脑硬盘给整个搬了过来。其中有个别文件需要专用软件才能打开，大部分都是标准的表格文件，检察厅的电脑都可以打开。

大友试着打开了几个文件监察其中内容。

顾客名单中包括了四月中旬签约的客户。也就是说这份数据是四月末之后才遭泄露的，这和佐久间辞职的时间吻合。

这份数据应该就是佐久间带出来的，大友没有任何直接证据，却有近乎确信的直觉。

护理公司的内部资料从方方面面反映出了老龄化社会的真相。

比如不管哪个营业所，你都会注意到客户名单里女性数量明显多于男性。是因为女性比男性长寿吗，还是男性更不愿意接受护理？

从职员名单和工作业绩表中可以一窥护理职业的工作环境。员工排班采取两班倒，工作时间长且昼夜颠倒过分极端。看上去有很多人已超过了法定劳动时长，不知有没有遵守劳动法规？同时，极高的离职率和人员更替也反映了工作环境的过度残酷。

顾客名单上还有很多已经终止合同的客户，也简单追加了一些终止原因。大友原以为老年人的护理工作一直要到死的时候才会停止，但资料里终止原因栏里写了"死亡"的却不多，大部分是"住院"。

想想倒也很正常。

即便是在家护理的老人，快死的时候一般也是送进医院。大家都说想死在自家床上，实际情况是大多数老人死在了医院的病床上。

大友大致浏览了一下，合同终止理由栏出现"死亡"较多的地方也有。可能这些地区最后选择死在自家床上的老人较多。

我在找什么呢？

时间已过夜里十二点，不停翻看各种数据过后，大友这样问自己。

他当然知道答案，他在找佐久间的影子。

这份数据通过佐久间泄露在外的可能性很大。那么其中某处或许会有关于他的蛛丝马迹。不过就算找到了那些又能如何呢？佐久间已经不在了。不可能对他施以训诫，不可能让他认罪服法，当然，也不可能更靠近些。

到头来还不是感伤。

朋友犯罪了，死了。这一事实有着令人难以接受的别扭，而眼下不过是个仪式，只是为了弥补它、抚慰涌动在心中无可抑制的寂寥。仅此而已。

这份数据的内容显然都是个人信息。不可以因为私人原因，不顾本职工作而过多关注。

大友叹了口气，关上了电脑。

★

斯波宗典 二〇〇七年 七月三十一日

十一天后，下午四点三十九分。周围杂木丛中的蝉鸣声不断，夏日的黄色阳光带着些微角度射向地面。地面在阳光照射下升温，潮湿的空气在加热之后翻涌升腾。热。

斯波将沉重的移动式浴缸塞进上门洗浴车的后排，关门，擦拭着满脸的汗水。

"辛苦啦。"帮忙一起收拾的临时工男护士的脸上同样冒着汗珠，"夏天真够呛。"

"是啊。"斯波应声道。

上门洗浴这工作既是护理活儿也是体力活儿，夏天尤其辛苦。但同时夏天又是出汗多的季节，洗浴的需求随之高涨。

就在刚才，他们完成了最后一家上门服务。

八贺市北部云雀丘郊外，一处被杂木丛环绕的民宅。

这里是梅田久治的家——斯波每周五天，白班结束后还有休息日前一天夜里都来监视观察的地方。

罪犯最终未在斯波监视期间现身，他迎来了给自己定下的最后期限，七月的最后一天。斯波并不知道罪犯是还没用过那把钥匙，还是已经在他未监视的时间里用过了。今天上门服务时他大致观察了一下房子里的情况，也看不出来是否有人闯进来过。

他觉得希望已经不大，打算今晚进行最后一次监视。

"我们下次还来，门给您关上咯！"团站长在门口大声招呼过后给门上锁。

本来排了班的一名护理员有急事请假，团站长作为临时顶替来代班了。清一色男性进行上门洗浴服务其实并不常见，还好今天的客户里有四位男性，女性只有一位，听完解释之后也表示理解。

斯波坐上驾驶座点火。护士瘫坐在后排座椅上，最后是团坐在了副驾上。

"各位辛苦，我们回去吧。"团说着将钥匙放在了仪表台上。钥匙柄上是配钥匙的厂家商标。

斯波在办公室时暗自观察了其他员工，并没找出谁是罪犯。注意到梅田家钥匙上刻字的变化的似乎也只有斯波。

汽车驶出云雀丘的乡间小道，驶上了县道。车身的摇晃减轻了一些。

护士不经意开口道："对了，那个梅田先生得的可能不是失智症，是抑郁症。"

"抑郁？"团反问道。

"嗯。老年人的抑郁症和失智症较难分辨，我也说不大清，但从今天问诊的情况来看，我觉得抑郁症的可能性并不小。"

梅田以前性格开朗，人也精神，尽管他身体行动不便。这几个月来，他的精神眼见着越发消沉起来，叫他也不回应，也很少笑，最近还经常说"想死"。同事们都说他的失智症也发病了，不过抑郁的可能性确实也有。

"明白了。我会跟负责他的护理专员联系的。"斯波答道。

考虑到梅田的实际情况，显然应该将他转至护理机构。梅田似乎也有些储蓄，不过还不够他进全方位护理的收费老年公寓。他已经申请了入住费用较低的护理中心，只是还在排队，不知道什么时候能腾出空位来。没办法，只有让住在隔壁街道的妹妹平时过来照顾他，看来，这无论是对他本人，还是对他妹妹来说，都是一个负担。

"筋疲力尽。"团以略带自嘲的口吻说道，"大家都快筋疲力尽啦。说实话，我都感觉自己快抑郁了。"

"团站长……"

团很少这样讲话。

森林受到处罚后，八贺护理站一直顶着来自社会的严峻压力持续营业。值得庆幸的是他们得到了服务对象的信任，并且大部分工作人员都铆足劲头打算渡过这一难关。

哪怕这样也不免有人离职，毕竟他们被全国人民贴上了恶人的标签，甚至对外招人也没什么人来应聘。

人手不足时只有靠正式员工顶替。团站长尤其带头冲在了前面。自七月以来他一天都还没休息过。两班倒还不能休息，这无疑对肉体和精神都是折磨。团比斯波年长二十岁，身体消耗肯定很严重。

"团站长，明天您好好休息休息。"斯波说道。

"对对对。不如今晚您就去散散心，去找个有小姐作陪的地方消遣一下呗？"

男护士故意调侃道，活跃一下气氛。

明天是团站长好不容易申请到的休息日。仅仅一天的休息能让身体恢复多少也不好说，但总比没有好。

"哈哈哈，多谢。我到底还是乱讲话啦，不好意思。嗨，你们不说我明天也打算好好休息呀。"说罢，团就深深躺倒在座椅上，视线转向了车外。

车子驶入了一条较大的弯道。手握着方向盘的斯波忽然有了一个想法。

可能罪犯就是团站长。而且，今晚他就会闯入梅田家里。

他没什么确定性的证据，但也不是完全没有把握。

不管怎么样，到晚上就知道了。

★

大友秀树 二〇〇七年 七月三十一日

同一天，晚上十一点。夜间体育新闻开始了。荞麦面店的小电视里正播放一个有名的相扑选手鞠躬赔罪的画面。

这家位于政务区一角的"夜鸣屋"营业到深夜一点，味道确实很好，所以哪怕这个时候也还是有些挤。

大友秀树和椎名正伴着天妇罗吃凉拌荞麦面。

像今天这样加班到深夜的时候，大友常常和椎名来这里吃夜宵。

纯荞麦面擀制的更科面香味醇正，他们还要了必点的大虾，还有青紫苏、正当季的芦笋和彩椒天妇罗配上。这样的夜宵口味清爽，正适合闷热的夜晚。

电视上正播的是蒙古国出身的横纲向相扑协会谢罪的场面。这位横纲以伤病原因缺席了协会举办的夏季相扑普及活动，却被媒体曝光了他回祖国后踢球消遣的矫健身姿。这位横纲因为品行不端被批判了好些次，如今对他的评价是毁誉参半。

继六月的森林处罚事件、七月的中越海湾地震这样严肃的新闻过后，这倒不失为一个供人消遣的轻松话题。

椎名莫名其妙地来了一句："职业相扑比赛是有幕后操作的，这已经得到证明啦。"

"幕后操作？"

大友以为椎名讲的是娱乐杂志上隔三岔五出现的那些小道消息，听完他解释后才知道并不是。他说，美国某经济学家统计了相扑职业比赛的胜负数据并进行了数学分析，以此证明了其背后存在黑幕，即人为操纵比赛的现象。

"大会最后一场比赛，七胜七负的力士对上八胜六负的力士，你觉得哪边胜算更高？"

"从胜负场次来看的话实力相当，胜率应该差不多吧？"

"对，理论上的预期值差不多一样，硬要分的话，获胜场次过半的八胜六负可能稍高一些。但再看实际结果，其实七胜七负一方获胜的场次占了将近八成。七胜七负的力士对九胜五负的力士时，实际胜率也在七成以上。相较于预期值来说，实际胜率出现如此大的偏差，由此推断，幕后有人为操作也显得合理。相扑界是个护短的圈子。七胜七负的选手正面临胜率能否过半的关口，即便不是有意图的幕后操作，其对手在一定程度上放水的可能性也不是没有。"

"有点道理。挺有意思啊。"大友说的是真心话。仅凭数据的计算竟然能得出如此多的结论。

"进行了这个分析的学者还指出，警察特别喜欢的'破窗理论'的实际效果在统计学看来也值得怀疑。"

"是吗？"

干维持社会治安这一行的没有人不知道"破窗理论"。它以"如果见到一栋大楼破了一扇窗户而放任不管，那么最终所有窗户都会破碎"这个比喻出发，得出结论说：放任小的违规现象不管，最终会招致重大犯罪；相反，如果对每一个微小的违规都进行整治，那么就能抑制犯罪的发生。就像椎名说的，"警察特别喜欢"，也经常以该理论做指导来推进治安强化。

这在统计学看来值得怀疑？

大友表示不解："可是破窗理论同样符合经验法则，而且纽约不是曾经基于这个理论进行强化管制，最终让犯罪发生率降低了吗？"

二十世纪九十年代时，纽约某检察官出身的市长提倡的治安强化政策取得效果，成功降低了犯罪率，这是常被拿来证明"破窗理论"的著名实例。

椎名却乐呵呵地摇起了头。

"能谈得上经验法则的东西，有很多都因为先入为主的观念而带有偏见。就拿纽约那个例子来说吧，其实当时的犯罪率早在治安强化运动之前就已经开始下降了，可以推测其最大原因其实是贫困家庭的子女减少。"

椎名不愧是曾经的数学研究者，真是喜欢统计和数字相关的话题。前不久他好像还谈到过人口统计的问题。

统计，先入为主，偏见。

记忆和思考忽然在大友脑海里交会，形成了一个小小的疑问。

"椎名啊。"

"哎，怎么了？"

"关于这统计，你之前好像还讲过人口的事儿吧。你说那是'早就知道'的。"

"嗯？哦——"椎名眨了眨眼，很快想了起来，"对对，人口推算吧？没错，人口变化是可以稳定预测的。"

"也就是说，左右人口数量的因素，也就是人生死状况的变化是稳定的略？"

"没错。出生率和死亡率不会急速变化。日本的出生率和死亡率在战后都出现了下降趋势，但这种趋势变化本身是稳定的。所以少子化、老龄化这东西不是哪一年忽然这样了，而是在可预测的前提下长年累积而成的结果。"

"……"大友默默地陷入了沉思。

"这又怎么了？"

大友没有理会椎名的讶异，继续问道："那比方说，同一个县的不同街道，死亡率却不相同，你觉得这可不可能？"

"嗯？嗯……多多少少是会有些差异，一般情况下不会差别太大。如果在统计数据上，哪个街道的死亡率上升了，那肯定是有什么原因的。比如那里发生了重大事故，或者集体感染了传染病之类的……"

"是吗？"大友说着，从自己那碟天妇罗里夹了一条虾放到椎名的碟中。

"哎？这？虾给我了？"

"给你了。利益的给予，也就是贿赂。"

"啊？贿赂？"椎名眼镜背后的两只眼睛大大地睁着。

"我有点事儿要验证一下。都这个时间了很不好意思，一会儿你帮我个忙吧。"

大友未等对方回答，扒了一口荞麦面。

★

斯波宗典 二〇〇七年 七月三十一日

同一天，晚上十一点十六分。夜里的云雀丘，白天还嘈杂不堪的蝉已经悄无声息。现在似乎还不是夜虫鸣唱的时节，只能偶尔听见两下一时兴起的吱吱声。斯波宗典对昆虫既无兴趣也不关注，所以并不知道那是什么虫在叫，甚至不知道那究竟是不是虫叫。

他仍然重复着这几天一直在做的事，把车停在空地里，暗自监视梅田久治的住宅。

距离七月结束还有不到一个小时。

不管有人来还是没人来，他已经决定这将是他监视的最后一晚。这是自己之前定下的时限，而且身体也确实受不了了。

斯波再一次思考。

罪犯为什么要配钥匙？

除了潜入住宅之外，实在很难想到其他目的。

那么，罪犯又打算何时潜入呢？

应该还是夜里。梅田已经半瘫痪了，这栋住宅里永远不会没有人在。那么最方便潜入的时间就是梅田独自在家的时候。如果有家里其他同居的亲人，那么只能趁白天家人外出的时候潜入，梅田是独居，所以夜里最保险。斯波想如果是自己的话就这样选择。

那么，潜入家中又是为了什么呢？

最有可能的还是偷盗。家里如果只有一个半瘫痪的老人，偷盗钱财还是很轻松的。

所以，罪犯是谁？

白发苍苍、轮廓分明的男人形象出现在脑海——团启司。

这个月团一天都没休息。如果罪犯是公司的员工且计划夜里潜入，最方便行动的就是休息日的前一天，那么团就一直没有合适的时机。明天，团将迎来久违的休息日。打算行动的话就在今晚。

这些近乎随意的推理实在牵强。全因为斯波太想亲眼看一看罪犯究竟是谁。

就团在职场的为人处世来看，实在难以相信他会偷偷配一把钥匙，闯进一个半瘫痪的老人的家中。

但难以相信不代表没有可能，尤其是关于人的事。

人的思想和行为并不一致。在一线干护理时更是能见到这样的情况，看上去无私照顾老人的媳妇，背地里却在虐待老人。

像团这样的人，或许也会做一些上不了台面的坏事。

又或者……

又或者，他擅闯民宅是为了偷盗之外的目的……

"有时候啊，还是死了好。"——斯波想起曾几何时，团曾经说过这样的话。

正因为团是执着于护理事业的人，所以才有这个可能性。

这或许才是斯波真正期待的。

或许他像傻子似的在这里守株待兔，就是想验证这一点。

不，他坚信一定是这样。

所以当眼见为实的那一刻，他才会以为那是源自内心愿望的幻象。

黑暗中闪出光亮，传来一阵低沉的动静。那是汽车靠近的声响。自斯波开始暗自监视以来，还是第一次有车在半夜路经此处。车体很快进入视线范围，这辆白色轿车他有印象。哪怕是一片黑暗里他也知道，这和团去年刚换的新车一样。

轿车亮着大灯以近乎缓行的速度徐徐前进。

它从斯波藏身的空地前经过。斯波目不转睛，自己似乎没被发现。斯波看到了一闪而过的驾车人，他看得很清楚，那苍白的头发极具特征。

斯波不禁倒吸一口气。

团。

轿车经过梅田家门口的画面好似慢镜头。顺着道路往前一段有一处转弯，车子在那儿不见了踪影，引擎声也随之消失。应该是停车了。

不一会儿，弯道那头出现一个人影。只见他手握电筒，压低光线照着前进方向的路面。人影越来越近，轮廓也清晰起来。

果然是团。

团有些形迹可疑地环视四周，同时朝梅田家门口走去。他闯进了梅田的家里，想必门是用钥匙打开的。

斯波紧盯着团闯入的那间民宅，没有亮灯，它仍然沉浸在黑暗中。他集中精神侧耳倾听，但并无任何动静。这样在外观察根本看不出有人闯了进去。

团在干什么呢？

是在偷东西吗？还是……

斯波屏住气息继续观察情况。

大概过了十分钟吧，大门再次打开，团走了出来。手电筒照亮脚下，他顺原路返回。

斯波不作声地下了车，追着团去了。他猫着腰顺着路边前进。团并未注意到自己，只顾疾步行走。

团的身影消失在了拐弯处。斯波开始小跑着跟在后面。脚踩着泥土发出沙沙声，回响在寂静的夜里。这声音可能团也听到了。

果然，刚拐过弯就有一束光照进了眼睛。是手电筒指向了自己，斯波下意识拿手遮挡。

"斯……波……？"

因为逆光，斯波看不清团的表情，但知道他一定很吃惊。

"团站长，我都看见了。你配了梅田家的钥匙，偷偷溜进去了，对吧？"

"哦……不是……"对方的声音在颤抖，内心的动摇十分明显。

斯波吞了口唾沫，问出了他最想问的。

"你干了什么？"

"这……"团无言以对。

斯波大踏步地走到团面前。

距离缩短了。现在哪怕逆光他也能看清团的面部了。

那张脸上的表情好像冻住了一般，了无生机。

吸气，呼气，斯波听见了大声的喘息，他并不清楚这声音来自自己还是对方。

"团站长，你去梅田家里干什么呢？"斯波逐字逐句地又问了一遍。

"……"

团用小到难以分辨的声音说了些什么，然后把手电扔到了地上。

眼前的光线突然变弱，团的身影融入黑暗中。

团下一步的动作超乎斯波的想象。

黑暗中团大幅地朝上挥起了右手。掉落在地的手电余光，若隐若现地映照出不知何时握在那只手中的铁锤。黑暗与光影的缝隙中团的面孔极难辨清，它没有表情，仿佛一张面具。

碰巧在这时，斯波仿佛听见远方传来了不知何种动物的呼号。这附近有野狗？还是自己的错觉？

没时间慢慢琢磨这些了，铁锤已经照着斯波的头挥下。

★

大友秀树 二〇〇七年 七月三十一日

同一天，晚上十一点四十五分。大友秀树和椎名一起回到了办公室，大友在电脑上打开了森林泄露出的数据。

几天前他受感伤情绪影响，看这些数据时没有任何发现。

很有可能他就那样错过了某些十分重要的东西？

屏幕上打开了几处营业所的顾客名单。看上去每个营业所都保存了自开业之后的所有客户资料。

他将数据分类，只提取已终止合同的客户。

"你帮我看看这个。"大友让椎名也来看。

合同终止的客户名单按照营业所分别排列了出来。理由一栏大多写了"住院"，偶尔有些"死亡"的。还有极个别地方写了"其他"或者"客户个人原因"等理由。

整体的倾向是一致的。不管哪个营业所，终止合同的理由最常见的是"住院"。不过这样专门提取出来横向一比较，就会发现其中一家营业所，因"死亡"原因而终止合同的数字较为突出。

　　大友指了指那张表格。

　　"这个'八贺护理站'，我总觉得这里因为'死亡'原因终止的合同数量比较多。"

　　之前看到这里，大友只是觉得八贺市在家去世的老人较多。可是转念一想，没有住院就死亡的情况即是突然死亡。之前自己也因为"人老了总要死"这种先入为主的想法，一度忽视了这个现象——如果突然死亡的比例只在某个特定区域内有所增长，那显然是有问题的。

　　"我看看。"

　　椎名来到电脑前，站在大友旁边操作起键盘和鼠标，制作了一张新表格。

　　看上去他正从各个表格中提取数据，计算每个营业所因"死亡"而终止合同的客户所占的比例。

　　数字开始显示在那张毫无修饰的表格里。

　　"死亡"导致合同终止的客户所占比例

　　X 中央护理站 …… 6.4%

　　县北护理站 …… 8.1%

　　八贺护理站 …… 22.2%

久浓护理站 …… 8.9%

……

"转换成数字看起来就很明显啦。"

每个营业所里因"死亡"而导致合同终止的比例都在百分之五到百分之十之间，唯有八贺护理站高得离谱，是百分之二十二。

"意思是就八贺市突然死亡的老人比较多？"

八贺市是县内人口第二多的城市，大型综合医院也有好几个，跟其他几个市比起来，没有理由更难以就医。

那么仅有八贺市突然死亡数量更多的原因又是什么？

"嗯？"椎名像是有所发现，指着表格最边上的某一栏道，"你知道这个护理需求等级是什么吗？"

"哦，那是申请护理保险时的评价标准，就是需要护理到什么程度。从只需要简单护理即可正常生活的'需要协助'，到完全瘫痪生活无法自理的'护理五级'，按等级判定，各个等级可享受的护理保险金额和服务内容都不一样。"

大友的父亲曾被判定为"护理二级"，所以大致内容他还有所了解。

"关于这一项好像还有点规律，我来算算看。"

椎名利落地操作表格进行计算，然后又做成大友容易懂的形式显示出来。

八贺护理站之外的营业所

平均护理需求等级 ······ 1.5

"死亡"导致合同终止的客户平均护理需求等级 ······ 1.8

"首先，八贺护理站以外的营业所，所有客户的护理需求等级平均在一点五左右。毕竟大部分客户都是'需要协助'，因此取平均值时就会平摊成一点几。'死亡'导致合同终止的客户护理需求等级平均在一点八左右，变化也不算大。也就是说，并非护理需求等级越高就越容易突然死亡。"

大友点头。

有道理。护理需求等级是根据身体机能换算的数值，并不一定等同于健康状况。想想也是，很多人因为事故而丧失了部分身体机能，但仍然可以长寿。

"可是……"椎名让八贺护理站的计算结果显示在屏幕上。

八贺护理站

平均护理需求等级 ······ 1.4

"死亡"导致合同终止的客户平均护理需求等级 ······ 2.9

"八贺护理站的客户整体的护理需求等级平均在一点四左右，这跟其他营业所基本相同，但是'死亡'导致合同终止的客户的平均等级却是二点九，这明显上涨了很多。"

"只有在八贺护理站，护理需求等级越高越容易突然死亡？"

"从数字上看是这个结果。"

这说明什么？

大友深吸一口气。这背后可能真有什么问题。现在，他们可能正在寻找某个不为人知的真相的蛛丝马迹。

大友反复思索着。

还能找出些什么呢？

"这是整个八贺市的规律？还是八贺护理站的规律？"

"这两种情况的意义的确截然不同呀……对了，像这样没有住院就突然死亡的情况，很有可能被作为非正常死亡来处理吧。那我们检察厅不就有记录了吗？"

没错。

没有医生在场的死亡，是要按照不明死因的非正常死亡来处理的，原则上必须接受警方的检视。法律规定尸体检视由检察方负责，警方是代为执行。所以哪怕是不立案处理的情况，警方也需要向地方检察厅提交检视报告并存档。

"查查看。"

"是。"

值得庆幸的是近三年的尸检报告都已经做成了数据库，在电脑上简单操作即可查阅。检察这一块儿还是老传统，到现在都依赖于纸质材料，不过也在一点点受到 IT 化浪潮的影响。

这方面的操作椎名显然更在行，所以大友让出了座位站在后面看。

椎名先在数据库里查了县内各市这一年来非正常死亡的人数，并计算出其占总人口的比例。

一年内非正常死者数占总人口比例

X 市 ······ 0.11%

八贺市 ······ 0.14%

九浓市 ······ 0.15%

垫日市 ······ 0.12%

······

　　"各个市变化不大呀。县平均也是百分之零点一三，大概每八百人里每年有一个人在医院外头非正常死亡。如果八贺市整体的突然死亡数量多的话，非正常死亡数量应该也多才对，但实际并不是那样。"椎名道。

　　"也就是说，八贺市整体的突然死亡并不多，却只有八贺护理站的客户里突然死亡的较多。"

　　"我来对照一下数据，看看八贺护理站突然死亡的客户里有多少是作为非正常死亡处理的吧。"椎名开始在非正常死亡数据库里检索和客户名单一致的并归纳到一起。

八贺护理站客户突然死亡推算人数 ······ 69

其中作为非正常死亡接受尸体检视 ······ 52

　　过去三年里，八贺护理站客户中可推算出的突然死亡人数，也就是"死亡"导致合同终止的客户人数是六十九人。其中五十二人的名字被录入了非正常死亡的数据库。剩下十七人虽然没有住院，但应该是临死前被送往医院在有医生在场的情况下死亡的。

"三年时间里五十二位客户非正常死亡。这个数字跟其他营业所比起来就多得多了。只不过在总人口三十多万的八贺市，每年有大约四百人，三年就是一千二百人非正常死亡，放在整个市的数据里计算的话，这点变动恐怕只能算作误差范围内了。"

椎名把五十二例非正常死亡的尸检报告数据导入了图标软件，跟客户名单的数据进行对比。

52 名非正常死亡客户的平均护理需求等级 …… 3.8

"我把数据和客户名单对照，计算这五十二个人的护理需求等级平均值，结果更高了，达到了三点八呢。"

"这说明，八贺护理站里有某种因素，让护理需求等级高的客户非正常死亡。"

"八贺护理站和非正常死亡是否有直接的因果关系这个看不出来，不过二者看起来的确是有相互关联的。"椎名开始按照日期顺序重新排列数据。

"数据库里保存的过去三年内非正常死亡的发生频率，似乎一直没有变化。"

那里的"某种因素"，并非某一天、某个时期的突发因素。至少，这三年多来让八贺护理站发生非正常死亡的"某种因素"，它一直都存在。

"我再把这五十二例非正常死亡按照死因分类。"

刑事案件 …… 0

病死、自然死亡 …… 47

自杀 …… 3

事故死亡 …… 2

"被警察认定为刑事案件的一例都没有。"

也就是说没有一具尸体通过法医解剖进行过详细查验。

"病死的挺多啊。是集体感染过什么疾病？还是八贺护理站的护理内容中包含了什么危害老年人健康的因素？"

大友并未完全把话说明，当然还存在一种可能性——有人在有意图地、人为地让客户非正常死亡。

"我再集中分析一下这四十七例病死和自然死亡吧。"

椎名启动另一个软件，开始敲击键盘往里输入数据，速度快得让人眼晕。

"这又是在干什么？"

"使用算法寻找隐藏在数据里的相关关系和共同点。如果这四十七例非正常死亡里存在某种规律，那就可能成为我们寻找背后真相的线索。"

屏幕上出现了各种数字，大友完全不知道什么意思。

"嗯？"椎名歪了歪头。

"怎么了？"

"找到了个有点意思的规律……我把它弄得直观一些，稍等。"

椎名敲击着键盘，画面上出现了一张以早上六点为一天起点的时间表。表里还有一些圆点。

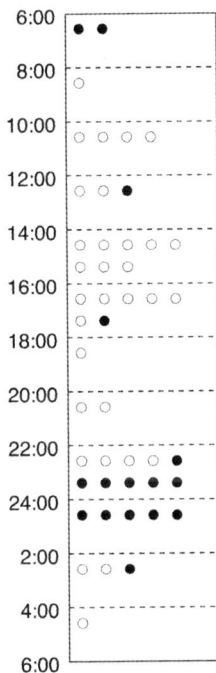

"这是以两个小时为一个单位将一天分割，再把非正常死亡的推算死亡时间录入后的图表。圆点的白色和黑色表示家庭组成。白

点代表和家人生活在一起的，黑点表示独自一人生活的。

"死亡时间明显集中在下午两点到六点、夜里十点到凌晨两点这两个时间段。如果真是随机发生的时间，它的分布状况应该符合泊松分布的概率密度，现在这种情况明显相差太多。"

"那就是说这些非正常死亡并非随机发生的了？"

"数学上来说是的，"椎名点头继续道，"而且白点集中在白天，黑点集中在晚上。也就是说和家人同居的人呈现白天死亡的规律，独自生活的人呈现夜里死亡的规律。"

跟家人同居的在白天，单独生活的在晚上……

对了，下午两点到六点这段时间，也被认为是入室行窃案的高发时间段。

"也就是老人单独在家的时间段？"大友说出他想到的结果。

"是，我也这么想。"椎名点头。

独自一人生活的老人到了深夜时间肯定是单独在家了。和家人同居的情况下，白天家人外出的时间就会造成老人单独在家。

"不对，等等，"大友摇头道，"非正常死亡的人就是没有医生在场情况下死亡的人。所以哪怕推测出的死亡时间集中在家人不在的时间段，这也不是什么怪事吧？"

"是没错，但这种情况下，独居老人的死亡时间分布应该更分散才对。"

没错。独居老人到了夜里肯定是一个人，但白天也有大量独自一人的时间。

"那就是说，"大友一边梳理思路一边开口道，"外人观察到的老人独处可能性较高的时间段，和老人的集中死亡时间段重合？"

这就代表它是人为意志作用的结果。

椎名点头。

"没错。而且和非正常死亡的发生存在关联的不光是时间段。这是刚才那张表按照周一至周日重新排列的结果。"

椎名又按了下键盘，表格随之扩大了不少。

"非正常死亡发生在周一的情况极少，周三稍多。并且周二、周五白天死亡的较多，周三、周六晚上较多。"

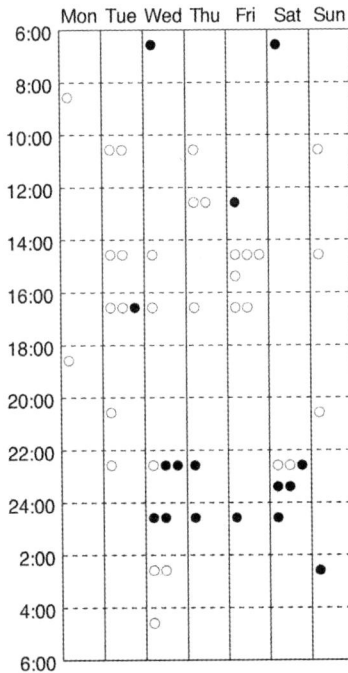

"死亡发生率随日期和时间段产生变化？"

"数据上显示出了意图性的关联，但是相关关系不等于因果关系。很显然，日期和时间段不可能直接造成人的死亡。"

大友点头。

是的。《创世记》说神创造世界用了六天，再加上第七天作为安息日，这成为一周七天的起源。然而地球上在神的界定下行动的只有人类。所有随星期变化的事物大概必然和人存在关联。

"这些非正常死亡案例是人为造成的。也就是，谋杀案……"

大友终于道明了自己的怀疑。

椎名面色凝重地点了点头："我觉得可能性很大。"

"唉，也是我们最先要去排除的可能性。"

"如果真的有人参与其中，我认为还应该是八贺护理站的相关人员。"

这样想也是理所当然。护理站里的人更容易掌握那些和家人同居的老人什么时候落单。

"哦，数据里还有工作人员的排班表吧。"椎名说着就打开了工作业绩表的文件。

排班时间似乎经常变动，不过表格里记录了所有员工的实际工作时间。

"我试着查一查业务员上班时间和非正常死亡的发生有没有关联吧？"

大友理解了椎名的意图。非正常死亡的发生随着日期和时间段的不同产生了偏向。如果这种偏向跟某特定业务员的工作时间相关联，那么他牵涉非正常死亡事件的可能性就非常大。

"给我查。先查那些工作年数超过三年的就行。"

"是。"

椎名的指尖舞动。营业所的人员更替频繁，从业人员总计人数超过两百，不过连续工作三年以上的，正式员工和临时工加一起也就不到二十人。

椎名敲了一会儿键盘，忽然间手停下不动了。

"这……"

"有什么发现了？"

"是的。我给业务员编号，然后得出他们的出勤时间和非正常死亡的发生相互重叠的次数，比较了预期值和实际重叠值……"

业务员　预期值　实际值

#01 …… 8 …… 12

#02 …… 15 …… 14

#03 …… 15 …… 18

#04 …… 9 …… 9

……

椎名指着屏幕解释道。

"比如说这个 #01 业务员，临时工，每周平均上岗时间三十个小时。这大约占整体时间的百分之十八。不计偏向单纯计算其预期值的话，在四十七例非正常死亡中，将有大约八例发生在这个人上岗的时间段里。"

大友大致明白了他的理论。

"是这个意思啊。相对于他的预期值，实际与他上岗时段重叠的数量是十二对吧？"

"对。稍微有点多吧。非正常死亡的发生本身存在偏向，上岗时间和这种偏向的重合度越高，实际重叠值和预期值的偏差就越大。不过大多数业务员的偏差都保持在正负五的范围内——"

椎名拖动鼠标，让屏幕滚动。

业务员　预期值　实际值

……

#13 …… 18 …… 4

……

"他的预期值是十八，但实际值为四，这也太少了。"

"说明这个业务员在岗时，几乎没有非正常死亡发生？"

"对。这名 #13 正式员工每周平均上岗时间超过六十四小时。这好像也违反了劳动法，不过先不管了，这个工作时长占了一周总体时间的百分之三十八。面对这么大的篮筐，投篮四十七次，居然只进了四次。这跟七胜七负的力士的胜率一样，很应该怀疑其背后存在人为操纵。"

椎名打开业务员名单文件，展示出一个业务员的表格。

"这就是 #13 业务员。"

名单里采用了类似简历的格式，细致到还附加了本人照片的图片文件。那是一名白发男子。大友觉得好像有点眼熟，但又想不起来在哪见过。

椎名同时打开了好几个窗口，好像要验证什么。只见他嘴里咕哝着"果然""没错"之类，手上还敲着键盘。

"这个人的上岗时间跟非正常死亡的发生果然存在着很深的相关性。这个人不上班的时候，尤其是他休息的前一天晚上，非正常死亡的发生率明显有所上涨。而且这个上涨规律跟刚才日期的规律一致。"

大友慢慢咀嚼着椎名向他展示的事实。随后他说出了最终浮现在脑海里的那个假设。

"这个人在休息日的时候，谋杀老年人？"

"没有手段去直接证实这一推断。不过，可以根据这一假设去做一次验算——"

椎名敲击键盘，屏幕上显示出数字：

1/30

"如果他以每三十天一个人的频率，持续在非上班时间谋杀护理需求等级在三级以上的老人，所有八贺护理站相关数据的偏向就能得到解释。"

若真如此，这个人则在超过三年的超长时间里，每月杀至少一人，还成功隐瞒至今。被害人最少也有三十六人。这是史无前例的大量谋杀。

"只是……"椎名用了一个转折词，他的疑问也是理所当然，"这些非正常死亡的尸体都接受过检视。在警察眼皮子底下持续杀人，这真的可能吗？"

警察并不好骗，大友比任何人更清楚这一点。尤其是谋杀这种恶性案件，全国任何一个县的警察都保持着极高的检举率。完美犯罪几乎是不可能的事。

但是大友的脑子里却想到了一种可能性。

大友的父亲因步行障碍，护理需求等级被评为二级，若等级达到三级以上则是护理需求程度相当高的老人了。如果真像椎名假设的那样，凶手只挑这样的老人实施谋杀……

"嗯，这次的案子可能利用了尸体检视的盲点。如果真是那样的话，杀人方法——"

大友在头脑中整理着思路。利用盲点，顺利通过尸体检视。满足那些的方法并不多。不，现实中几乎只剩一种可能。

"恐怕是毒杀。"

大友再次注视着显示在屏幕上的业务员资料。

假如他真的如大友想象般重复实施谋杀，那实在算得上极为卑劣的犯罪行为。

"嗯？"大友的视线停留在业务员资料中的某一栏，"这……是真的？"

那一栏赫然记录着这名员工令人难以置信的某个信息。

"啊？这……这怎么可能？是不是录入错误？"椎名惊叹道。

"不……不过，可能也确实有这样的人。虽然我们不知道究竟发生了什么。"

那一栏记录了一项个人特征，几乎叫人无法想象它与本案有直接关联。但是它却给了大友绝对的自信——这个人就是凶手。

这，是一次传球。

大友下意识地想道。

佐久间在东京泄露的数据，辗转多次后来到大友手上，让他最终找到了这名白发男子，向他暗示了 X 县内正发生连环杀人案的可能性。

这是一次长传，它来自远方的老友，遥远的远方。

当然，佐久间不过是出于一己私利泄露了这些数据。不，这些数据是否真的来自佐久间，在大友这里还是一种假设。

但就算是这样，既然球到了手上，那就是一次传球。

球我接到了，那么我就要得分，就像高三那时一样。

"椎名，明天一早你就说服上头，我们要展开独立侦查[1]。对不住，今晚就别想回去了。"

"明白。这还用说吗？我怎么可能撇下这种事回家呢！"椎名爽朗地笑道。

---

[1] 独立侦查：日本检察官的职能之一。由检察厅主动检举并立案侦查，主要针对官员贪污案和企业犯罪等。

"他" 二〇〇七年 八月一日

第二天，凌晨一点十九分。"嗷呜、嗷呜、嗷呜——"野兽的咆哮在夜里回响。声音来自何种生物并不清楚。日本应该没有狼了，是野狗吧。

"他"开着白色轿车行驶在八贺市北部云雀丘的山路上。所到之处已经没有了民宅，在深夜更是全然不见人影。

背后传来哐啷啷的声响。是后备厢里被砸烂了头的尸体在晃吗？

事发突然。自己原本没打算杀人，但却变成了现在这样的结果。

这样的结果？

自己杀了这么多人，每次都提前计划并带着杀意去执行。没有计划只有结果的杀人，这还是第一次。

意料之外全无杀意的杀人毫无成就感可言。

"他"还由此明白了，自己根本还没有习惯杀人。

嘴中苦涩而黏稠。呼吸急促，心跳加速，身体明明燥热却在不住地颤抖。肉体失去了冷静，头脑还在飞速旋转。现在该考虑的只有一件事。

接下来怎么办？

事已至此，或许该收手了。

一直以来，事情顺利得过头了。

想要结束其实很简单，把尸体送去给警察就行。

事情总有一天要败露，心理准备也早就有了。

不过，或许还可以再撑一撑。

万幸的是没有目击者。一直以来的方法这次是用不上了，如果能把尸体藏起来，或许就能掩盖这次计划外的谋杀。

还没结束。

没错。现在还没有被任何人发现，自己也没必要主动放弃。

既然早就决定好要坚持到最后一刻，那就坚持到最后一刻。

夏天的夜短，得赶紧了。

第五章

黄金律 二〇〇七年 八月

大友秀树 二〇〇七年 八月一日

上午，九点三十五分。乡田检察长隔着茶几坐在大友秀树正对面的沙发上，他的旁边是柊副检察长——X地级检察厅地位最高的两个人。

这里是地级检察厅最宽敞、人口密度最低的办公室，检察长室。

乡田一到检察厅大友就缠上了他，让他看了自己和椎名熬夜赶出来的报告。

天快亮时大友才勉强睡了两个小时，整个人感觉头重脚轻，可现在顾不上计较这些。他尽量让自己看起来精神抖擞，向二位长官申请办案许可。

"了不起。光看数据就能得出这些结论……"柊副检察长身子略微前倾，感叹道。

"大部分都是椎名助理检察官分析出来的。"

"哦，是那个小学究呀。这人才还是看你怎么用啊。"柊副检察长的嘴角带着微笑。

乡田检察长深深地靠在沙发上，目不转睛地盯着眼前的报告。毛毛虫般粗壮的手指在纸上往来穿梭。

乡田和柊在很多方面恰好相反。看乡田的身体就知道他以前大学社团是搞体育的，大块头，看上去精神开朗。柊则是小个子，纤细，面容也是沟壑分明。然而，他们二人性格和外表都是截然相反。乡田小气而神经质，不太喜欢摩擦和混乱。柊则相对更加处变不惊，可能因为在特别搜查部锻炼过。

在这种场合下，柊副检察长更值得信赖，可是独立侦查属于非常规措施，必须得到乡田的允许。

检察官的世界有着森严的等级制度，地级检察厅好比一座城堡，检察长就是王，拥有绝对权力。士兵在战斗之前得先获得王的首肯。

然而……

"我认为大型连环杀人还在进行之中。请您批准我办案。"

大友再次低下头恳求乡田。

"会不会让县警那边太没面子？"乡田说话时还盯着报告书，头也没抬。

他的反应早在大友预料之中，但亲耳听到后还是感到眼前一黑。

耳朵里再次疼痛起来。

如果大友等人推测属实，大型连环谋杀案正在进行中，那就代表警察那边在检视尸体时错过了重要线索。这不光是颜面扫地的事，恐怕连领导都得撤职。这正是乡田放心不下的地方。这位检察官觉得维护和警察之间的关系更重要，而不是让真相大白。

许多无辜的生命可能正在牺牲！

大友不禁想要放声怒吼，他拼命地忍耐着。

"不会，这么大的事，他们到头来还得感谢我们呢。"

柊开口道。他是一条救命的船，他没有让人失望。正因为如此，大友才刻意避开跟检察长直接谈判而让副检察长也一起出席。

"是吗？"乡田向柊投去询问的眼神。柊点头。

乡田有时候很依赖柊的决断能力。即使乡田对独立搜查持保守态度，如果有柊推一把的话还是可以通过的，这是大友的推测。

"是。警察那边当然不好过，但两边本来也不是哥儿两好的关系。有时候让他们服个软，说不定以后更好办事。而且，如果这次真的是刑事案件，我们单方面独立侦查到最后那也不大现实。证据搜集到一定程度之后，肯定还得和县警那边合作办案吧。一宗大型连环杀人案，警察没发现，我们检察厅替他们料理好再送到他们嘴边。这可是个大人情，也能提升检察厅的声望。"

柊口中的检察厅，等同于乡田检察长。

乡田长叹了口气，可能对名誉的渴望让他心动了吧。他将报告放在茶几上，故作姿态地抱起胳膊闭目沉思起来。他肯定没在思考，只不过难以下定决心而已。

"大友，你会自己负起责任好好干的对不对？"

柊给出了一个台阶。他的意思是万一有任何闪失都是大友一个人扛。

"是。"大友点头。

表忠心——功绩全部属于王，失败的责任全归自己。这是一个仪式，为的就是获得王的首肯。

"那我们就试试吧。"乡田来了这么一句。

成了。大友在内心做出了庆祝胜利的姿势，表面上却强装镇定。

"谢谢您。"

"不过大友，你具体是怎么打算的？尸体可早都烧没了。"

柊投来锐利的眼神。他真不简单，直击要害。

如果真的存在多次连环杀人，尸体作为最重要的证据却已经不存在了。甚至眼下可能找不出任何证据，现场也没有保护。说大友和椎名所做的分析是一纸空谈他们也无法反驳。

"既然获准立案了，今天我就以协助调查的名义把他带回来。发现任何一点破绽就立刻对他家进行搜查。该做的都做一遍，剩下的就看能找出什么来一决胜负了。"

"嗯，也只能这样了。"柊点头。

对，只能先动手再说。

每三十天杀一个人，持续三年以上，最少三十六人。杀了这么多人，肯定会留下什么线索。

当然也许自己从一开始就大错特错，根本不存在什么连环杀人。

数据的偏差可能因为某个意想不到的原因。那也没关系，甚至那样反而更好。

"能推测出动机吗？如果那名男性真是凶手，那么他只杀老年人，而且是护理需求高的老年人的理由是什么？"柊继续问道。

从尸检报告上来看，不像是为了抢夺钱财，也没有猎奇到去损坏尸体。如果真发生过相关情况应该早就立案调查了。

"这只是我个人推测，"大友先说了这么一句之后继续回答道，"根据目前已知的情况，凶手并未通过谋杀老人直接获取任何利益。那么就可以认为，杀人本身就是他的目的。"

"杀人就是动机？"

"没错。"大友点头。

换句话说，这叫作"自我满足"。比如在警察眼皮子底下完成谋杀的成就感，又比如说，夺人性命时那种无所不能的优越感。

因为这样的目的去杀人，比因为欲望去杀人更为邪恶。在罪刑法定原则下二者是同等性质的犯罪，可是前者作为人的罪孽更为深重。至少在秉持性善论的大友看来是这样。

"唉，总之——"柊放下报告瞥了一眼乡田，"如果真的存在多次连环谋杀，决不能坐视不管。大友，你去吧。"

大友听得出来，柊有意加重了语气。他以同样郑重的语气回答："是。"

大友有一种预感。

被他们视作罪犯的人——"他"可能正是那种精神变态的人。

生来不知良心和善意为何物，是一种从根本上否定性善论的存在。终于要跟这种人正面交锋了，大友心想。

★

"他" 二〇〇七年 八月一日

同一天，上午十点二十二分。"他"整个人躺在床上，眯起眼睛看着天花板。做好所有收尾工作再回到自己家时，大约六点了。"他"感到身心俱疲，浑浑噩噩，却无法熟睡。

"他"茫然地想到了工作上的事。

本来人手就不够了，现在又少了个重要员工。

接下来八贺护理站还能正常运作吗？

从这个意义上讲，昨晚的杀人是多此一举。

心深深地沉了下去。

门口响起了敲门声。

声音低沉，咚咚两声。接下来有人喊了"他"的名字，并不是熟悉的声音。

平时很少有人上家来找"他"。

心里开始忐忑。

但"他"并不打算装出家里没人的样子。

既然该来的总是会来，那就坦然面对吧。

"他"下床来到门口。

"来了。"透过猫眼，可以看见两个男人站在门口。

心中的忐忑并未停止。

"谁呀……"

"他"半开了门。

其中一名男子是粗眉毛，给人感觉有点像狗；另一名男子戴眼镜，一头浓密的天然卷，活像一颗细长的花椰菜。

像狗的那个开口道："我们是 X 地级检察厅的。"

"是警察吗?"他下意识地反问道。

"不是，是检察官。"对方订正道。

二人自报姓名，像狗的那个叫大友，像花椰菜的叫椎名。

管他是警察还是检察官，对"他"来说差别都不大，都是抓捕有罪的人并加以惩罚的人。

该来的还是来了。

"我们在查一个案子，想请您协助调查。因为稍有些复杂，可以请您跟我们回一趟检察厅吗?"

这位叫大友的检察官看上去挺绅士，但一眼就能看出来，他的绅士是装出来的。

"他"闭上眼睛，深呼吸了三次。

冷静，冷静，冷静。

觉悟不是早就有了吗?

早就知道会有这么一天。

接下来才是关键。

"您怎么了?"

睁开双眼，检察官正讶异地看着自己。

"没事，什么事都没有。我知道了，我们走吧。"

"他"朝对方笑了一下，回答道。

★

大友秀树 二〇〇七年 八月一日

同一天，上午十点五十四分。针对"他"的调查取证在 X 地级检察厅的检察官办公室里开始了。

拿到立案调查的许可书后，大友秀树去了"他"家。地址在和工作单位所在地八贺市相邻的垫日市，一栋木结构简易楼里的一间，房子看上去也有年头了。门外没装门铃，敲几下门之后，"他"就来开门了。大友二人亮明检察官身份时，"他"多少表现得有些惊讶。要求"他"回来协助调查，"他"就闭上眼睛，似乎在调整心态，然后就笑着答应了。看"他"的反应，大友觉得应该是早就有了心理准备。

大友和"他"分别在审讯桌的两边相对而坐。椎名则在一旁打开了用来记录的笔记本电脑。

空调故意调弱了些，为的是让室内稍微保持一点闷热。

"在休息日把您叫来实在是抱歉。"

大友在说话的同时重新打量了"他"一番。

那一头白发可能因为没时间打理而显得干枯，气色看起来也不好，深陷的眼窝下略微有些黑眼圈。整个人看上去比员工资料上照片里的他更为苍老。

大友还是觉得这张脸好像在哪里见过，但就是想不起来。

"他"十分安静，至少表面上看没有不安和恐慌。

"有什么事要问我呢？"

"他"赶在大友开口前以明白清晰的口吻问道，声调有些偏高，跟外表完全不相称，给人感觉就像译制片选错了配音演员。

如此沉着镇静的表现，反而让大友更为确定了。

这个人果然是早有心理准备，要像这样接受审讯了。

"我想问的，是关于您工作单位'八贺护理站'的事。"大友直勾勾地盯着"他"说道。

来吧，一决胜负。

大友在桌上摊开几份材料。

眼下没有证据能够直接证实连环杀人案的存在。"他"的证词尤为重要。如果说本场审讯毫无收获，案件调查被迫终止的可能性也不是没有。所以没什么好保留的，手里有牌上来就要打出去。

大友有条有理地解释了八贺护理站客户中有很多非正常死亡的，指出这不合常理。

"我们对这个事很关注。这么说吧，我们认为这些非正常死亡是在人为因素下发生的，很有可能是谋杀。"

"他"睁着深陷的眼睛凝视着桌上的材料，随后自言自语似的说了句："没想到……"

由于"他"略微低垂着头，面部表情不易看清，也不知道是真的吃惊还是做做样子。

很快"他"又抬起头看向大友。可能因为兴奋吧，脸上有了些血色。

"不是为了昨天的事儿啊？"

昨天的事？

大友没能明白"他"话里的意思。

"什么意思？"

"啊，没什么……"含蓄地笑了一下后，"他"继续道，"跟我以为的有点不一样。"

跟以为的不一样？

大友不知道是什么东西怎么不一样，但从这句话里至少能知道"他"确实是早有准备。

"他"继续问道：

"检察官先生，那为什么要找我问话呢？你们还掌握了其他什么情况吗？"

"他"的眼睛直勾勾地望了过来。

大友觉得整个后背都在冒汗，当然并不是因为室温。

"请您看看这个。"

大友翻动材料，拿出那张非正常死亡的发生和"他"工作时间相互间关系的表格。

"我们对照了非正常死亡的时间和森林八贺护理站里所有业务员的上岗时间，发现在您不上班的时间里，非正常死亡的发生率非常高。"

大友听见"他"深吸了一口气。

当"他"再次抬起双眼时，竟然主动直视大友，像是某种试探。

"你们怀疑我利用休息日去谋杀公司客户？"

"他"的话里每一个字的发音都缓慢而精确，嘴角轻微上扬，眼角微微下垂。

竟然在笑？

大友一下子不知该如何回应。

大友觉得自己沉默了很久，虽然现实中只是几秒，他随后点了点头。

"是的。"

这次"他"的笑容更明显了："检察官先生，那么你们认为我是用什么方法杀的人？"

"他"这句话背后的真实意图很难判断。

像这样说话的人绝不可能是无辜的。只凭这一点大友就确定无疑，眼前的男子就是凶手。

大友注视着"他"，额头不觉间渗出了汗珠。

"承不承认？"

大友放弃了无意义的客套。

"他"没有回答，只是云淡风轻地笑。敌我之间相隔不到一米，却仿佛两个截然相反的季节。

"他"被质疑谋杀，却未显出一丝惶恐和困惑，甚至给人感觉"他"在期待着什么。

不管"他"是坦白还是否认，这种气质跟迄今为止大友接触过的犯罪嫌疑人显然都不一样。

"他"是想抵赖到底？

不知道。但既然做了，就得让真相大白于天下。大友找回他最根本的使命感，鼓舞着自己。

"你设法隐瞒了谋杀的事实。"

大友故意放弃了"您"而改称之为"你"，宣告了他的假设。如果所言属实，必然会造成对方的动摇。

完美犯罪。

这四个字常在推理小说里出现。

在现实生活中，想在谋杀案里完成完美犯罪极为困难。

在日本单看谋杀案，检举率约为百分之九十五。媒体大肆报道的无头案不过是极为罕见的个例。

警方对谋杀案的侦查之彻底，可以用"事无巨细"来形容。他们收集现场所有可能搜集到的证据，对被害人的社会关系也会进行细致入微地反复排查。

杀人这么大的事，不可能没有一丝破绽，证据一定会留下。哪怕是一根头发丝这样微乎其微的线索，警方都可以通过它找到犯罪嫌疑人。

一旦确定了犯罪嫌疑人就代表了案件的终结，哪怕是手法完美至极的密室杀人也没有用。甚至都不用破解手法，凭借反复排查审讯即可使凶手认罪。不管在哪个县，负责谋杀案的都是能力极强的王牌刑警。最能发挥他们强大能力的环节就是审讯。在封闭环境下实施的审讯，其残酷程度超乎人想象。最长二十天的拘留时限，通过变更犯罪嫌疑实施二次逮捕的方式可以无数次地延长。一般人在这个过程中绝无守住秘密的可能。

被警方认定为谋杀案并展开调查的瞬间就几乎等同于宣告有罪。只要被立案侦查，就不存在完美犯罪一说。

若是相反的情况则有可能，也就是不被立案侦查。警方没有将事件定性为刑事案件，不展开侦查，那么完美犯罪就可以成立。完成长期多次连环杀人只有这一种可能。

当然，正常情况下杀人事实不可能隐瞒。但满足某些特定条件时它将变得可能。

"你专门选择老年人实施谋杀。而且是护理需求等级高、行动不便的老年人！"

以弱者为目标的卑劣犯罪。大友觉得自己的话仿佛成了火种，胸中的愤怒随之沸腾。

"你尤其注意两点，一是行凶时不被任何人发现。这跟入室行窃没什么差别。你作为护理人员，充分利用已知信息找出了谋杀对象落单在家的时间，然后入室行凶。而另一点，就是下杀手时不在对方身上留下任何明显外伤。那么手段就是毒杀。强制被害人喝下毒药或者给其注射毒药。"

"他"的面部肌肉耸动着，喜悦之情溢于言表。就像在告诉大友他找到了正确答案。

那是一张怎样的脸！

大友的语气更强硬了。

"一般来说，即便被害人再怎么老，你行凶时也必然会遭到激烈反抗，导致现场留下争斗痕迹。可能在相互缠斗中还会留下不必要的外伤。可是，你……你杀的都是一些行动不便，几乎不能反抗的人！以一个普通成年男性的力量，足以不留下争斗痕迹，不留下明显外伤，顺利注射毒药。你就是通过这样的方法将毒杀伪装成了自然死亡！是不是？！"

伪装成自然死亡的毒杀。

老人安静地死去了——这是人为造成的结果。

这就是隐瞒谋杀事实的条件。它利用了现阶段针对非正常死亡的尸体检视制度的盲点。

毒杀这种谋杀手段将在尸体中留下决定性的证据，只要解剖，绝对会被发现。

但反过来，在不解剖的情况下判定毒杀极为困难，这也是事实。现在的日本，因为预算、人手、设备的不足，可实施解剖的尸体数目十分有限。非正常死亡的尸体解剖率全国平均约为百分之十，这还是在设有监察医制度的东京等重点地区拉高了平均值的情况下。非重点地区的解剖率不足百分之五，有些地区甚至不到百分之一。

绝大多数非正常死亡的尸体，都只经过检视就被判断为非刑事案件，不进行解剖。

检视被定义为"为判断人的死亡是否起因于犯罪，运用五官对尸体状况进行检验（外观检查）"。这里虽说是五官，其实判断的主要依据还是视觉，是看外表。所以这个环节写作检视而非检尸，就像是为了强调似的。

也就是说在当今日本的检视制度下，只有通过视觉可见尸体外伤和现场情况异常时，尸体才会被解剖。

毒杀不会留下外伤。即便是注射毒药也只会留卜一个小小的针眼。如果是老人，多少都有褶皱、斑点或打点滴留下的针眼，仅凭肉眼观察就进行判断实际上根本不可能。

没有发现明显外伤，现场也无争斗痕迹，财物也未被盗。只有老人，仿佛睡着了一样死去。

光看这些，只能看到一个人寿终正寝的模样。有谁会去仔细查验这样一具尸体？更别提使用珍贵的解剖指标了。

若死掉的是身体健康的年轻人，那的确可能做出解剖的判断，接受护理的老人首先就没有这种可能。进行检视的人也被一种先入为主的观念左右了，那就是"人老了就会死去"这一自然法则。

老年人的非正常死亡，一般只要目测没有异常，甚至都不需要职业检视员来现场，所在辖区的刑警简单检视一番过后就定性为非刑事案件，作为自然死亡处理了。

这样一来，谋杀行为就可以隐瞒。现场留下再多指纹和毛发都无所谓，因为首先警方就不会立案。

大友不确定"他"对侦查方的这些情况了解多少，现实结果就是"他"制造的现场瞒过了检视，连环谋杀也得以进行。以上就是大友的推断。

"对，就是这样。"

居然，"他"就这么轻易承认了。

这完全在预料之外。

到现在为止，大友手上的牌只有一个又一个的推断。他没想到在没有任何像样证据的情况下，对方居然会坦白。所以他才故意以强硬的口吻质问对方，企图动摇其心理。

在一旁记录的椎名也停下了手上的动作，抬头观望。

言语和键盘声中断了，沉默瞬间笼罩了三人。

率先打破沉默的，是面带欣喜笑容的"他"。

"针对老人的毒杀只要行事稳妥就不会败露。我利用工作之便收集了客户信息。一旦发现接受护理的老人中有符合谋杀条件的，就在上门提供护理时安装窃听器，力求对其生活起居模式进行更为详尽的'调查'。"

窃听器……居然都做到了这种程度。

"他"就像是展示完才艺后公开魔术的手法一样，喋喋不休地说起了一些根本没有被问到的细节。

"一旦被家属撞上，我就完蛋了，所以我一直很慎重。这一带很多家里都没有锁门的习惯，只要掌握了生活规律，很容易就可以闯进别人家里。独居的老人里有很多在营业所寄存了钥匙，像那样的家庭我就自己去配一把钥匙。当然，是未经许可的啦。诀窍就是不要硬来。进行彻底的'调查'，确定可以下手的对象才实施'处置'。"

什么"调查"，什么"处置"，"他"像谈工作似的谈论着杀人的手段。这显然不正常，可"他"说话时的口吻却冷静至极。

"'处置'的方法？没错就是毒杀。从香烟里提取尼古丁进行皮下注射。"

尼古丁。这恐怕是最轻易可得的致死毒药了。水溶性易于提取，微小剂量即可置人于死地。尼古丁本身有极强的苦味，经口摄入几乎不可能，但给无法反抗的人进行注射就没有问题了。

听到"香烟"这个词，大友忽然感觉脑海里记忆的线头仿佛被拨动了一下，可却没能形成思绪，就那样消失不见了。

"他"还在继续。

"注射并没有多困难。很多人都是瘫痪的，能起来的大部分也是半瘫痪。极少数时候也遇到过反抗，那时我就用毛巾绑好再杀掉。事后仔细收拾成安静去世的模样，也没被人注意到过。"

这些证词跟大友的设想完全吻合。

"你认罪了？"

大友压抑着高涨的情绪最后确认。

"是。到现在为止一共是四十二人……不，杀了四十三个人。"

"他"若无其事地回答道。

四十三人！

大友自己负责过的案子就不用说了，这是个史无前例的数字。面前这个人在没有任何决定性指证的情况下，就淡然坦白了。

不堪负罪感的折磨而坦白的嫌疑人并不稀奇。但是"他"完全没有那种意思。

"我一直在想，总有一天要暴露。但我一直以为，那应该是在'处置'时被发现，类似于被抓现行的感觉。没想到，你们居然只通过人的死亡这一事实本身就找到了线索。"

"他"还在笑，就好像在谈论最近看过的一部电影，可从嘴里说出来的却是千真万确的认罪。

这算什么事？

藐视法律？以为没有尸体、没有证据就无法起诉？

别天真了。哪怕只有间接证据也能保证公审结果。这是有先例的。所谓的疑罪从无只是个程度拿捏的问题。只要嫌疑充分，仅凭嫌疑即可进行有罪判决。

就在大友正思绪纷乱时，"他"接下来的话更是让人震惊。

"我家里有窃听器等作案工具，还有记录了所有杀人经过的笔记本。请你们去找吧。你们会去搜查犯罪嫌疑人的住宅，对吧？"

居然还主动提供证据？

"你……该不会还想争取自首吧？非常遗憾，我们已经先一步确定了嫌疑，事到如今，你已经不够自首的条件了。"

《刑法》规定，必须在犯罪事实被发觉，嫌疑犯身份被确定之前主动坦白的才算自首。

"他"在苦笑。

"怎么可能呢。我早就想好了，坚持到最后一刻，可一旦暴露的话就全盘坦白。"

这是跟卑劣的连环杀人犯不相匹配的清高。

难怪"他"表现出对审讯早有准备的架势，原来是这个原因。

可是，这不对劲。

"他"的话意思很明确，可是意图却全然不解。

相对于案子的严重性，"他"的态度太过轻松，行为、言语完全不像一个杀过四十三个人的凶手。

他真的是精神变态，欠缺良知吗？

"你明白你自己做了什么吗？"大友不禁问道。

"他"则坦然回答："是。我杀了许多人。"

"你杀了许多老人！"大友怀着愤恨订正道，"你杀的是，身体行动不便、生活需要帮助、连反抗都几乎做不到的老人！"

"他"只是毫不在意地点了点头。

"没错。但我的杀戮拯救了他们和他们的家人。我所做的也是一种护理，是让人解脱的'死亡护理'。"

拯救？护理？

把杀死毫无还手之力的老人称作护理？

大友说不出话来。

这不像一个因愤怒和仇恨而丧失了理智的人，也不像是将错就错的态度。

这个人，究竟怎么回事？

"哦，有一个人不是。对了，检察官先生，八贺市北郊云雀丘深处有一片杂木林，请你们去搜一搜吧。有一辆我遗弃的车，后备厢里装了一具尸体。是我昨天杀的。我一开始还以为是这件事败露了呢。"

"他"像是有些自嘲地说道。这就是刚才提到的"昨天的事"。

"他"继续平静地供认。

"只有这一个人是例外。笔记本上也没有写。"

到了下午，审讯告一段落的时候，大友向乡田检察长和柊副检察长做了报告。

"他"主动供认了罪行，对所有问题都坦白回答。尽管名义上还只是协助调查，但从现状来看，已经是供认不讳了。接下来的调查取证则有必要跟警方合作。

根据大友取得的供认材料，柊和县警厅的高层取得了联系并进行了协商。

这个从天而降的炸弹几乎让县警厅那边丢了魂魄，混乱不堪。柊于是趁机提议接下来的审讯和调查取证都由检察厅指挥并制定行动方针。

看起来这次是给警方卖了个大人情，乡田也是笑容满面，还说什么"想得多不如做得多"。

目前检察厅方面以大友为主进行审讯，摸清事实关系并查明作案动机；县警厅方面则负责实际的调查取证。

警方立即开始了对"他"家和云雀丘杂木林的搜查。很快大友这边就接到报告，在杂木林深处找到了遭遗弃的白色轿车，后备厢藏了一具尸体，跟供述内容一致。

死者名叫团启司，五十九岁，死前在森林八贺护理站担任站长一职。

下午四点二十分，接到报告的大友以遗弃尸体的嫌疑对"他"——斯波宗典实施了第一次逮捕。

"你有权在审判开始前选定律师。你可以针对犯罪嫌疑进行辩解。"

大友按照法定程序对其进行了权利告知，可是斯波却面带笑意地放弃了："我不需要律师，也不辩解。"

头发苍白，眼窝深陷，脸上满是深深的褶皱。他看上去就像一个老人。可是在从业人员资料上，他的出生年月日一栏写的是一九七五年十月。满三十一岁。跟大友同年。

这名极度早衰的男子，他杀了四十多个人，还说这是一种护理。

这个人，究竟怎么回事？

从确定嫌疑到实施逮捕，事情进展之神速完全超乎预料。可这个问题的答案却连冰山一角都未曾见。

★

斯波宗典　二〇〇七年　八月一日

同一天，晚上十点三十八分。斯波宗典在前后各一名身着制服的警官护送下走下台阶。

X县警厅总部。地级检察厅实施逮捕后，他被移交到这里。从今天开始，他将暂时在这里的拘留所中生活。

走在前后的警官没有一句废话。绿色橡胶地面上回响着三个人急速走过的脚步声。

他们路过台阶的转角处。

转角处了一面镜子，下方有一行小小的红字：狮子会捐赠。

斯波愣了一下，很快反应过来镜子里的人不是父亲而是自己。

全白的头发，褶皱而毫无弹性的皮肤，略厚的嘴唇，深陷的眼窝上方的眉毛画出了和父亲一样的曲线。直到大学毕业为止，他的相貌都和年龄相符，后来开始了对父亲的护理，他就像打开了玉盒的浦岛太郎[1]一样迅速地衰老了。现在这副模样像极了记忆中的父亲。

四年前，他应聘森林八贺护理站，那年他才二十七岁，样貌却远不是二十几岁年轻人的模样。团站长负责面试，他讶异地看着年龄只有自己一半却已白了头发的斯波，说了一句"你受苦啦"。

团……斯波觉得他是一个善良的老实人，作为一名护理员他值得尊敬，所以昨晚猛然受到攻击时自己十分意外。可能正因为他平时行事端正，恶行败露时内心的动摇反而更大吧。

将团推开时的感觉还留在掌心。

那是突然遭受袭击时条件反射式的抵抗。自己虽然有老人的外表，身体却还是三十岁出头的男人。

团被斯波一推，仰面倒了下去，后脑勺刚好撞到堆在路边的水泥块上。

他就那么顺其自然地撞着了要害——也只能这样形容吧，反正他倒下之后就再也不动了。

自己当然没动过杀心。

心里有种悔恨，因为要了一条本不该要的命。不过事到如今，

[1] 日本传说中，浦岛太郎因救了神龟，被带往龙宫城享乐。在他回到地面前，龙宫的人送了他一个玉盒，并嘱咐他千万不要打开。回到地面后，浦岛太郎发现自己不在的这段时间，地上已经过了很多年，早已物是人非。失落的他打开了玉盒，之后瞬间就变成了一位老人。

那些都没意义了。

当斯波发现除了自己之外，还有人配了办公室里寄存的钥匙，感到了莫名的兴奋。更巧的是钥匙的主人，正是自己计划通过"死亡护理"进行"处置"的梅田久治。

他忍不住想弄清楚究竟是谁出于何种目的配了钥匙。一半是为了保证"处置"的万无一失，另一半纯粹出于兴趣。

虽然他想过那十有八九是为了入室行窃，可心里还是有一丝期待——或许除了自己之外，还有人同样做着"死亡护理"之类的事。所以他才扮起了私家侦探。

尤其像团这样执着地献身于护理的人，更有这个可能性，他十分期待。

结果昨晚团是现身了，但做的事情好像只是无聊的偷盗。

团溜进梅田家之后，斯波在车里监听了里面的动静。窃听器装在了梅田睡觉的房间里，斯波几乎没有听到任何声音。这代表团虽然进到了梅田家里，但是并没有接近梅田。

团出来之后，斯波质问了他，他小声嘀咕了些什么借口，声音小得几乎听不见。

斯波好像听到了"一时糊涂"什么的，剩下的全然没听清。

他不知道团究竟有什么隐情。是缺钱，还是精神压力？难不成是因为新车的贷款还不起？

团是负责人，但是从工作环境的恶劣和报酬的廉价来看，他和斯波这些一般员工并无二样。而且他还要背负管理的职责，可以说是更痛苦。再加上自森林公司受到处分后，他们还要面临无端的中伤，在这种情况下做出些一时糊涂的举动也并不奇怪。

总之，哪怕并非出自本意，斯波的确杀死了团，并且为了能够继续"死亡护理"而藏匿了尸体。

尸体被塞进了团自己的车里。不愧是高级车，后备厢大到足够放得下一具死尸。斯波把团的车开进云雀丘深处的杂木林里遗弃掉。那一带很少有人去，先不管能瞒多久，至少可以争取点时间。

他徒步回到梅田久治家，开着停在附近的自己的车回了家。斯波的爱车是辆寒酸的二手车，他觉得车只要能跑就行，那车和团的车唯一的共同点在于它们都是白色轿车。

一切办妥后，短暂的夏夜将要迎来黎明。斯波身心俱疲，实在无法继续去工作，于是就给营业所打了个电话，之后在床上倒头睡了。

狗和花椰菜找上门来是在数小时之后。

走完了阶梯，三人又走过一条长长的走廊。

最终他被押进了一间外面有铁栅栏的小房间里。

拘留室。这实在是个狭小而煞风景的房间，只有一个小小的铁窗，镶着毛玻璃。

一名自称是看守的警察递来每天的作息时间表。表上规定每天早上七点三十起床，晚上九点就寝。现在已过就寝时间，所以他刚被催促早点睡觉。

光看作息时间表，比起两班倒的护理工作，拘留室的生活还更加规律，可以获得充足睡眠。

他将暂且在此起居，随时接受警方和检察厅的审讯。最后将面临法院裁决。

"死亡护理"无法继续了，但接下来才是关键。

做该做的事，这是早决定好的。

哪怕自己能做的事已经微乎其微，那也要做好该做的事。

这是战斗，至少要尽自己所能。

他不后悔。

一切都在计划之中。

斯波带着他的决心在拘留室里睡着了。

★

羽田洋子 二〇〇七年 八月十五日

十四天后，上午九点二十分。羽田洋子来到 X 地级检察厅总部内的检察官办公室。

上周末她接到通知，说本以为死于心衰的老母亲是被谋杀的。两名刑警找到她家里来告诉她这个消息。那是一个晴朗而炎热的早晨。那简直是晴天霹雳。

今天她作为一个相关证人被传唤到检察厅。

战败日。天还是那么炎热。到了八月，整个日本列岛都被酷暑

255

包围，据说这是因为拉尼娜现象[1]，这个名字倒是可爱，但实际影响却谈不上半点可爱。

检察厅她是第一次来，感觉跟市政厅之类的差不多，都是"政府机关"。

坐在她正对面的检察官三十来岁，年轻男性，天这么热，领带仍然系得严严实实。桌上的东西摆得整整齐齐，看起来他是个讲规矩的人。

他旁边操作笔记本电脑的办事员也是差不多年纪，不过他的领带就系得松松垮垮，袖子也是卷着的。他戴着眼镜，精瘦精瘦的，"豆芽"这个词拿来形容他再合适不过了。

"那我就直奔主题了。我想问一问去年十一月四号的事情——"

那名自称叫大友的检察官开口道。

洋子面对他的问题，重复了上星期跟刑警们说过的话作为回答。

"据说，斯波在卧室里装了插头形状的窃听器，您注意到过没有？"

"没有，听说过后才感觉好像是有过那么个东西……不太清楚。"

凶手叫斯波宗典，是每周两次上家里来提供洗浴服务的护理员。

---

[1] 拉尼娜现象：又称"反厄尔尼诺现象"，与厄尔尼诺现象代表的太平洋中东部海水温度变暖相反，拉尼娜现象指的是太平洋中东部海水异常变冷的情况。

看到照片时洋子也觉得眼熟。白发男子。看外表还以为是个上了年纪的老员工，后来听说居然比自己还小，真是没想到。

警方告诉洋子，这个斯波借上门工作之便安装了窃听器，暗自侦察她和母亲的生活规律。后来他找到了洋子不在家的时间段，趁机上门行凶。事情过后再听到这些，着实让人感觉不自在。

"我们打算起诉斯波，要求判处极刑。"检察官就案发当天的情况问了一些问题，然后开口道。

极刑，也就是死刑。听说除了自己的母亲之外，这个斯波还用同样的手法杀了许多老人。也不知道杀多少人就判死刑，他杀了许多人应该是死刑吧，洋子茫然地想着。

"所以我们打算记录下羽田女士您作为被害人家属的心情，放到起诉材料里。您看可以吗？"

"嗯。"

洋子点着头。"被害人家属"这个词听起来感觉就像是在说别人似的。

"您得知母亲是被谋杀的之后，心里是怎么想的？"

检察官的声调压低了些。

洋子思考着，想回答问题，但却不知怎么说好。

我是怎么想的？

见洋子支支吾吾了一阵，检察官以略带悲悯的表情换了个问法。

"羽田女士，当您母亲因为腿部骨折而需要人护理时，您选择了牺牲自己，照顾母亲，对吗？"

"……是。"

这不是谎言。就像他说的，为了护理母亲，她牺牲了自己。

"您能选择那样去牺牲自己，是不是因为对您来说，母亲是最值得去爱的人？"

"……是。"

这也不是谎言。孩子和母亲，她无法去比较哪边才是自己最爱的人，他们都是无可取代的存在。

"如此重要的母亲遭到了谋杀，而且是有预谋地安装了窃听器，事后又伪装成自然死亡的样子。您母亲被极为卑劣的手段杀害了。"检察官忽然顿了一顿，思考了一下措辞，以更坚定的口吻继续道，"是不是十分悔恨和绝望？"

"……是。"

洋子受检察官语气的影响给出了肯定的答案，这应该是谎言。

洋子的心里既没有"悔恨"，也没有"绝望"。

母亲死的那一天，仿佛有一枚硬币掉落在洋子心里。硬币的正面是从日复一日地狱般的护理中解脱而出的踏实，反面是些许的失落。这两种情感背对背地贴合在一起。

洋子真切地感觉到母亲的死是一个转机，一切都开始好转了。从护理中得到解放后，肉体上、精神上，包括经济上都轻松了。不再需要支付母亲的护理费用，工作时间又更多，家里的收入也增加了。今年四月儿子飒太升小学后，她在市内一家小印刷公司干起了文员的工作，全勤。那是周末兼职的小酒吧里的熟客给介绍的。这样的生活本身算不上轻松，但跟当初还要同时照顾母亲时相比，已经好太多了。自己再也没有动手打过儿子，这就是证明。

所以，她不愿意把母亲的死看作是绝望。

哪怕骗自己也好，她多么希望母亲的死是寿终正寝。这是发自肺腑的心声。

"羽田女士，您没事吧？"

检察官递过一块手帕。

她这才反应过来，自己的双眼正在流泪。

"不好意思。"

她接过手帕擦拭。手帕有一种温柔的触感，明显是高级货，还带有一丝柔顺剂的香味。

是呀，这个人过着用柔顺剂洗涤高级手帕的生活，他们不在同一个世界。

一丝毫不相干的心绪稍纵即逝。

"您心中太过悔恨，所以想起母亲就会落泪，对吗？"

检察官的话根本大错特错。

"……"

"怎么了？"

"我……得救了。母亲应该也是。"

这句话终于说出了口。

母亲的死让洋子得救了，这毫无疑问。对于丧失了身心自由、尊严尽失地活着的母亲来说，那难道不也是救赎吗？既然是被拯救，纵然失去了母亲，那母亲也不该是被害人，洋子也不是被害人家属。也没有什么悔恨和绝望。

她发现检察官的表情僵硬了。随后他皱着眉说道："您的意思是，自己从过于严酷的护理生活中得到了拯救，是吗？"

"是。"

没错。

短暂的沉默过后，检察官毅然决然地开口道："这种心情并非不能理解。但是您的话，有可能被解读为您主观上希望母亲死亡。"

检察官的表情很痛苦，是真正的痛苦。

他一定是个善良的人，洋子心想。

"这段话我们不能写进材料里。您同意吗？"

"嗯。"

洋子点头。这点道理她还是明白的。

"对于母亲被无情杀害的事实，您感到愤怒对吧？"

"嗯。"

检察官为了在材料上塑造出"牺牲自我悉心照料的母亲惨遭杀害"的被害人家属形象，替洋子准备好了合情合理的证词。洋子只需点头认可便好。

曾经我为了证明自己不是那种抛弃母亲不管的无情子女，一直默默忍受着，哪怕内心真的想放弃也没有放弃。

现在也一样，为了证明自己不是那种希望母亲去死的无情子女，要把本该是救赎的死说成是绝望。

这是诅咒。

来自哪怕死了也要纠缠我的母亲的诅咒。

然而，如果没有这样的诅咒缠身，自己可能也就不是个人了。为了不让硬币的两面剥离，人或许应该无条件地接受这样的诅咒。

如今最让洋子放心不下的不是已经成为过往的母亲，而是将来的儿子。

是否有一天，我也会用诅咒束缚自己的儿子呢？

★

大友秀树 二〇〇七年 八月十七日

两天后，下午两点三十二分。大友秀树对斯波宗典进行了逮捕后的第三次审讯。

X地级检察厅并没有刑事部和公诉部的职能分割，大部分案件从办案侦查到实行公诉都由同一个检察官负责处理，这种制度叫作"主任立会"。但是，鉴于本案的规模之大，大友只负责办案侦查和厘清事实真相，直到提起公诉为止，起诉后的审判阶段则转交柊副检察长负责。

他们已达成内部共识，要将死刑作为一审判决的目标，考虑到被害人的数量这也是理所当然。

大友的任务就是铺路。

现在他们以团启司的尸体遗弃嫌疑对斯波实施了逮捕拘留，媒体也将该案作为护理业务员之间的矛盾所引发的伤害致死案进行报道。但拘留期限很快要到了，预计明天将以几件已充分调查取证的谋杀案嫌疑人的身份对其进行再次逮捕，大致的事情经过也将对记者公开。

预计案情公开后将引起巨大骚动，县警厅和地级检察厅的宣传部门已经在商议应对方式。

无论对检方还是警方，斯波都展示出极为配合的态度，在审讯过程中如实回答了所有提问。从斯波家里搜出来的记事本上也详细记录了他的杀人细节，相关调查取证也进行得很顺利。

在供述的四十三例谋杀案里，斯波只否认了最后一例团启司谋杀案的杀人意图。

他说他注意到办公室里有人和他一样配取了客户的钥匙，并且确定了那个人是团启司。他在团启司私闯民宅后对其质问时遭到了团启司的袭击，又本能地进行了反击。

实际上，从一个被认为是团启司使用过的便携小包里，也的确发现了客户的钥匙以及可以推定为盗窃赃款的现金。案发现场的路边还掉落了被指为团启司用来攻击的铁锤。应该是团擅闯民宅时用来护身的东西。

当然也不完全排除这些都是斯波伪造的可能性，如果是这样，难以解释为什么他仅对这一个案子大费周折地否认杀人意图。大友认为斯波关于作案事实的供述可信度很高。

仅团启司一案是没有杀人意图的意外伤害致死，其他四十二例护理老人则是蓄意谋杀——到此为止，斯波的供词和大友的预判都完全一致。

问题在后面——杀人动机。

专门寻找行动不便、容易杀害的目标实施犯罪。杀人本身就是目的。将他人的生杀大权握在手里，为了在幼稚的为所欲为中自我陶醉，卑劣的连环杀人——这是大友的推测。因此他有预感，能犯下此类罪行的人应该是没有良知的精神变态。

但实际上，斯波在被逮捕后一直强调，他选择的谋杀目标是护理负担过重、致使本人和家属都痛苦不堪的人。他管那叫"死亡护理"，是杀人的同时也是护理，甚至说是为了被害者本人和家属而杀。尽管目的还是杀人本身，但这和大友推测的动机完全不同。

"检察官先生，不管你们怎么审判，我只是做了正确的事。"

今天的斯波还是坚定地如是说道。

这是他的宣言——即便他承认犯下了法律上的罪行，但却不背负道德上的原罪。

如果想真正审判这个人，必须让他背负作为人的原罪，让他悔过，必须让他有负罪感。

"你是说你杀死自己的亲生父亲也是正确的吗？"

大友拿出作为物证扣押的斯波的记事本，翻开第一本的第一页说道。

那里写着日期，"二〇〇二年十二月二十四日"，还有一行字，"杀死父亲"。五年前平安夜的弒父。那是斯波第一次实施谋杀。

"是的。"

斯波简洁地答道。没有动摇也没有迟疑。

"你父亲一人把你养大，你却亲手把他杀死，你管这叫正确？"

大友刻意以强硬的语气责问。

斯波小时候，母亲因事故死亡，父亲是他唯一的亲人。父子年龄相差较大，四十七岁，巧的是这正是大友和自己父亲的年龄差。

谋杀唯一血亲，无疑是这一连串杀人案的源头。

"是。不管重新审视多少遍，除了正确，我得不出别的结果。"

斯波很断定，还是没有丝毫迟疑。他的冷静反而逼得大友开始动摇，喉咙深处仿佛有近乎刺痛的干渴。

"为什么？为什么你能这样面不改色？"

大友开始僵硬的喉结在颤抖，他艰难地挤出这个问题。

斯波低垂下眼帘，平静地开口了。

"一九九九年时，我爸因脑梗死倒下了。当时情况很危急，接受了紧急手术。我一心希望手术成功，父亲能得救。可能应验了吧，父亲保住了性命。当时我很高兴，我觉得发生了奇迹。可父亲的身体留下了后遗症，我发誓要尽一切努力照顾他。可是呢？我太天真了……往后的三年，简直是地狱。

"你看我的样子，是不是像个老头？头发全白了，皮肤干燥全是褶皱。呵，我本来是有点显老，但开始给父亲护理之前可没这么严重。才三年，我就变成了这副模样。"

斯波朝上捋了下白发。

常听说精神疲劳和压力让人头发变白。妻子玲子最近也因为搬家和育儿的压力，白发越来越明显了。

不过三十岁就头发全白，一副老头模样，这绝对异常。

地狱？那究竟是怎样的一种体验呢？

不等大友发问，斯波就继续了他的供述。

"本来父亲就有些失智症的前兆，身体行动不便让他的精神病变迅速加剧了。他开始意识混沌，说一些不着边际的话，不分昼夜地拖着瘫痪了的半边身子四处乱爬。

"一个人照顾那样一个父亲，太苦了。嗯，真的太苦了。

"失智症病发的父亲情绪起伏十分激烈。稳定的时候性格温和也明事理，一旦激动起来极具攻击性，根本管不了。

"我不顾一切地照顾他却换不来一声感谢，还常常对我大声痛骂。就这样，至少那时候他还认得出我，都还算好的。

"失智症日渐严重，父亲时不时地想不起我是谁。

"我照顾他，他还害怕，问我是谁。

"我当初发誓要照顾父亲到底，他本该是我唯一的亲人。可是失智症连这一点维系都摧毁了。我再怎么用心对方也感觉不到，再怎么尽力也等不来回报……我觉得，这世上应该没有比这更痛苦的事了。

"如果我身边还有亲人，可以帮我一把，或许情况又不一样吧。可是我没有那个指望，我只能一个人坚持。

"纯粹从客观上讲，也花了不少时间和金钱。护理的同时能干的工作很少。因为不能长时间离家，所以正式工作几乎都不可能。我只能在家附近找可以灵活安排时间的零工，但是靠那点收入根本无法维持生活。渐渐地父亲的积蓄也花完了，生活开始穷困起来。

"很快，我生平第一次面临着一日三餐无法温饱的境地。我一直以为饥荒那是非洲或者东南亚某些遥远的国度才有的问题，它居然那么轻易地就降临到了我的头上，简直好笑。

"我困惑了很久，最终选择了申请生活保障。我总觉得一旦沦落到要靠低保的地步，就等于打上了低人一等的烙印，所以一直在犹豫。不过最终证明是我想太多了，因为我连低保都申请不上。亏我还劝自己好死不如赖活着，这才下定决心去申请。

"在福利办公室的窗口我得到了鼓励，他们说：'你有劳动能力，对吧？苦是苦了点，要努力呀。'但我真的不知道，我还应该怎么努力。

"那个时候我才意识到，这个社会存在漏洞。

"这个国家基础设施完备，表面富足，很难意识到那个漏洞的存在。确实就连我在东京待业的时候，生活也过得还行。可那也几乎是摇摇欲坠地行走在漏洞边缘了。

"父亲倒下，护理是最后一根稻草，我们父子掉进了深渊。

"等我意识到时已经晚了。一旦掉进了那个洞里，想再爬出来就没那么容易了。

"越贫穷越愚钝，这话一点不假。在深渊的底部卑躬屈膝，背负着沉重的家庭负担，人就不正常了。

"我也不记得具体什么时候了。有一次，在吃饭时，父亲打翻了茶水还是什么。然后我就什么都不记得了……等我回过神时，父亲脸颊通红，眼眶还含着泪。发生了什么？我还在想呢，就听到啪啪的声音。然后我才发现，我的手还在不停地扇父亲的嘴巴。当时已经完全失去了自我意识，手只是机械地动作，去打父亲。

"就是这双手。

"曾经发誓要用来照顾父亲的双手，在打他。

"那种事情一次又一次地发生。那已经不是人的生活。"

斯波在话语之间不自觉地激动了起来。他停顿了一下，深深喘了口气。可能是说话太久的原因，喉结附近在上下抖动。

"所以，你就杀了自己的父亲？"

大友尽可能地调动起表情肌肉，做出愤怒的样子瞪着斯波。

耳朵的深处在疼痛。

斯波的境遇值得同情。正如斯波所言，这个社会存在漏洞。大友知道一位老婆婆，为了进监狱一次又一次地去盗窃；还知道一位独居老人，被谎称来照顾他的亲戚杀害；还有一位失智症老人，走失在外时被货车撞死。

这不代表可以对杀人持肯定态度。如果犯罪可以推脱给社会，司法制度就形同虚设了。

大友不等对方回答继续说道：

"这说明你杀死父亲只是为了逃避艰苦的护理生活。不管你摆出多少事实，也不能改变你是个自私的凶手这个事实！"

斯波点了点头，仿佛他早已料想到对方的这种反应。

"检察官先生，你能说出这样的话，是因为你知道自己身处安全地带，绝不会落入洞里。没有掉下去过的人，不会明白洞底的那种绝望。"

安全地带——曾经佐久间拿来形容自己的这四个字再次回响在耳畔，这让大友怔住了。

耳朵深处的疼痛似乎更强烈了些。中耳持续不断地疼痛，耳鸣嗡嗡作响。

　　年龄差距较大的父亲需要护理，从这点说，斯波和大友是一样的境遇。但是大友能把父亲送进高级老年公寓，斯波却只能一人承担。同一个国家同一种境遇，彼此之间的差别却大到令人眩晕，这让大友心生愧疚。他没能立即反驳。

　　斯波继续说话了，也不知他是否察觉到了大友的内心变化。

　　"我当然想从那种痛苦的护理中解放出来，越早越好。我不否认杀死父亲是为了自己。但是，同时那也是为了父亲。

　　"父亲对我说过这样一句话。他说：'我受够了，杀了我吧。'那是护理生活开始后的第四个十二月。那一天他还比较稳定，看上去他知道自己是谁，也认出了我。那时候的父亲意识到他自己患了失智症。

　　"'我不光身体不行，头脑也不行了。我也让你受了不少苦，对吧？我不想再这样活着了。够了。这样活着，对我、对你都是折磨。还不如做个了结，杀了我吧。'父亲说着说着就哭了。

　　"我告诉他：'我知道了，我来杀你。'然后父亲就满意地笑了。他说：'我脑子已经不清楚了……趁现在能说话我一定要告诉你。有你在身边我很幸福，谢谢你今生来当我儿子。'

　　"那句话的每一个字我都记得。

　　"那时候我终于明白了。即便人老了身体功能衰退了无法自主生活了，即便因为失智症而丧失自我，人还是人。是有时欢喜，有时悲，在幸福和不幸间往返的人。

　　"是人就有应当维护的尊严。沦落到丧失尊严、只能延命的地步时，就应该被赠予死亡。

"我想到了，通过杀死父亲去报答父亲，这样自我也能得到回报。

"大约一个星期后，我杀死了父亲。稍微花了点时间，因为要去买注射器。

"最开始我打算勒死他，但怎么也下不去手。拯救也好，维护尊严也好，报答也好，我反复跟自己说着那些，可是亲手杀死骨血相连的亲人，心理上实在受不了。

"如果可能的话，我真希望能有人替我去做那些。如果真的有死神，我真希望他在我们沦落至此之前就夺走父亲的性命，但是到了这个地步就只能靠我自己。

"所以我想到了毒杀，至少这样就不用亲手接触了。新闻上有时会报道，小孩子不小心喝了泡了烟屁股的水导致死亡的事故。所以我想如果能提取尼古丁直接注射的话应该能杀死成年人。想法很业余，但结果是不错的。

"那天正好是平安夜。

"那天的父亲好像没认出我来，还问手持注射器的我说：'请问你是哪位？'我想，当时的我在他眼里只是一个素不相识的白发男子。看他没有反抗，我想他可能是把我当成了医生。

"注射比勒死简单多了。针随便一扎，针管推到底，父亲就死了。很简单。

"临死之前的瞬间，他露出了痛苦的表情，可能那不是完全的安乐。但我觉得比起那样活着，父亲这样走掉要安详得多。

"我觉得我做了正确的事。"

正说话间，大友听见了抽泣的声音。他扭头，看见打字记录供词的椎名红着眼圈。

大友心中也有所感触。

可是如果感情上被斯波牵制，就无法对其问罪。

耳朵内里的疼痛和耳鸣越来越强烈了。如此强烈的不适还是第一次。大友狠命地咬紧牙关，拼命抵抗。

不能被他左右，不能输。

"为什么你没有就此收手？"这个问题当然必须问，"按照你刚才的供述，你对你父亲的谋杀属于受托杀人。比起正常的杀人罪，这个罪要轻得多，而且存在酌情考量的事实。为什么在那之后，你要去杀那么多人？！"

斯波苦笑了一下。

"因为没被发现。我打电话给警察，告诉他们'我爸死了'。我当然以为自己要被逮捕了。面对提问，我也心不在焉答得支支吾吾，可是那个上家来的警察居然一点都没有怀疑，就把父亲的死亡归为自然死亡。

"我从这件事里感受到了命运。我之所以被放过，一定是因为我还有我应该做的事情。

"生在这个年代、有过这种经验的我——应该去做的事。"

斯波说话的神态宛如一个虔诚的信徒。

有一个词叫作"圣召"，说的是被神选中赠予使命的意思。斯波是想说，他杀死父亲却未被发现，对他来说是圣召吗？

"你所谓的应该去做的事，就是不断地杀死那些需要护理的老人？"

　　斯波平静地点了点头。

　　"没错。所以送走父亲后，我马上去考了护理资格证，去应聘了森林公司。这个国家的老龄化和少子化在同时加剧，我想，像我和父亲这样的人一定还有很多。事实上就是有。进入护理行业工作之后所接触到的现实，超出了我的想象。

　　"无数人在洞的底部、在爱和负担的夹缝中苦苦挣扎。可这个社会却根本没打算去填上那个洞，而是挥舞着欠缺换位思考的良知，把那些人逼得更紧。

　　"'死亡护理'正是拯救那些人的手段。

　　"我在做的，是我曾经渴求别人来为我做的事。

　　"我不知道警方的检视究竟是怎么回事。我只是凭经验知道了毒杀老人不容易被察觉。用毒把老人杀死再伪装成自然死亡的样子，就不会被怀疑。

　　"明白了那些，我就想到了通过'死亡护理'这种终极的护理手段去拯救类似曾经的我和父亲那样的家庭。我想尽可能做得长久，越多越好，坚持到最后一刻。

　　"我当然想到了，总有一天真相会被发现，我会被抓起来。呵，这一天也真的来了，也就是你们找到我家去的那一天。

　　"我深深地明白杀人是犯罪，但我只是在做正确的事。所以我决定如果有一天'死亡护理'被别人发现了，我就毫不隐藏地、堂堂正正地说出我的主张。

"检察官先生，不管你们打算对我施以怎样的法律制裁，我也只是在做正确的事。"

斯波斩钉截铁地说。

大友倒吸一口气。

这是黄金律。

这《圣经》中的一节，恰巧就被森林旗下的老年公寓作为经营理念高高挂起。

无论何事，你们愿意人怎样待你们，你们也要怎样待人。

希望别人怎样对待自己，自己就要怎样对待别人——这是通用于所有法则和伦理的根本原则。这个人或许并不知道这个知识，但他的行为准则正是黄金律本身。所以他才能公然主张自身行为的正确。他所做的事不正是典型的明知故犯吗？

现阶段的调查取证也证实了斯波所杀的老人的家庭，无一例外都有着过重的护理负担。被害人家属里，也确实有人像昨天来提供材料的羽田洋子那样，吐露了"被拯救"的心声。

但是……

但是，无论他秉持的信念多么完美，也不可能承认这种为了救赎的杀人。不管出于身为检察官的立场，还是大友个人的伦理观。

"不，你错了！"

大友否定道。

斯波直视着大友。

大友竭力组织着语言。

"通过死亡获得救赎是骗人的幌子！那种死只不过是放弃！

"就像你说的，哪怕得了失智症，人终究是人。你说的没错，人有应该守护的尊严。可正因为如此，杀人才是错的！救赎也好，尊严也好，都是以生为前提的。你的父亲不是求死，是放弃了生命！

"你肯定也不是真想杀死父亲，无法下手勒死他就是证明。人有与生俱来的善行。人在杀人的时候会无条件地产生负罪感，如果杀的是亲人就更是如此。

"你只不过搬起自私的理由，把负罪感遮盖了起来。死亡不是救赎的选择，也不是守护尊严的努力，它只代表放弃了一切！而且，你根本没有权力让别人放弃生命！"

性善论。

人性本善，这是大友所坚持的观点。人是追寻善的生物，这一定也适用于斯波。所以大友在控诉，朝着斯波灵魂深处的善性控诉。

斯波像是有些意外，一瞬间瞪了下眼睛，然后笑了。

疯狂地、疯狂地笑。

"检察官先生，这是多么完美的标准答案！

"以生为前提？善性？

"你能说出这种话，还不是因为你身处安全地带。你这是站在豪华邮轮的顶层，教训无处可逃的溺水者生命和善性的宝贵！好极

273

了，真是好极了！如果可能，我也想和你一样。

"如果死不是救赎而是放弃，那也是这个世界逼得人不得不放弃！

"如果我真的不想杀死自己的父亲，那就是这个世界逼我不得不杀！"

斯波的叫喊如剑一般朝大友毫不留情地劈下。

大友一下子想起了自己第一次把《圣经》当作一本书去读的时候。从那些他并不相信的故事里，他看到了这一条：

没有义人，连一个都没有。

原罪。这句话宣判了生来不完美的人有罪，但这无疑是一句寻求善的箴言。

面对一时间无言以对的大友，斯波压低了声调继续道：

"而且，检察官先生。这些话从你口中说出来，反而又多了一种滑稽。你不正是想对我处以死刑，才像这样进行审讯吗？"

投手突然投出了瞄准打者头颅的危险球。

"现……现阶段，还不到求刑……就连起诉，都还没决定……"

大友明白这吞吞吐吐的回答，是连自己都无法骗过的谎言。

斯波轻蔑地嗤笑着。

"我可杀了四十三个人，等待我的是死刑。再怎么不懂法这我也知道。"

斯波预言了自己的未来。这恐怕是正确的。

斯波继续道："我是杀人了，你不也是吗？检察官先生，如果真像你说的，人在杀人时会无条件地产生负罪感，那么你也和我一

274

样，把它遮盖住了。检察官先生，不就是这么回事吗？这世上有时候不惜将负罪感遮盖也要杀人。"

"不对！你这样出于个人意愿的杀人，跟法律系统中的死刑完全是两码事！"

大友吼叫着，像是在说给自己听。

斯波笑了。

"就是一样的。检察官先生，通过死刑杀死罪犯，不就是为了社会，为了人吗？所以它是正确的，所以负罪感可以被遮盖住。我也一样，我杀老人是为了这个世界为了他人。这没任何不同。"

根本不是这个意思——大友把这句到了嘴边的话咽了回去。这场审讯究竟为了什么，他早已说不清了。

耳鸣声变得从未有过的喧嚣。

他想要的答案一个也没得到。

犯罪嫌疑人明明已经供认不讳，可随着话语的叠加，苦涩的挫败感却在喉咙深处越发黏稠。这样的审讯他还是第一次。

只有一点是明确的，自己的预感错了。

斯波根本不是什么精神变态。

这天之后，大友又对斯波进行了数次审讯，最终没能成功让其承认自身的罪过。斯波全盘承认了杀人的事实，却没有背负哪怕一丝一毫的负罪感。

失败了。

这当然是大友极度私人的挫败，检察厅的工作仍朝着一审死刑的目标顺利进行。

　　事实相关的调查取证充分确保之后，案件即进入下一阶段。哪怕大友对犯罪动机不予承认，他也没有权利不向上提交起诉状。

　　二〇〇八年二月，距离逮捕将近半年之后，大友就获得了充分调查取证的四十二例谋杀和一例伤害致死的嫌疑对斯波宗典提起诉讼。

　　不久后大友才意识到了。

　　斯波持续谋杀老人的动机并未在审讯过程中全盘托出，他还在隐瞒真正的目的。

　　一切都在斯波计划之中。不光是杀人，罪行暴露，还有法庭审判，甚至死刑，这些都是。

　　待大友意识到一切的真相时，他已然身处法庭，无法接近了。

　　开什么玩笑！

　　翻腾在心中的，是一种近似愤怒却茫然无措的情绪。

终章

二〇一一年 十二月

大友秀树 二〇一一年 十二月二日

晚上九点四十二分。大友秀树回到位于世田谷的公寓式公务员宿舍。

他在脱鞋时注意到，摆在鞋柜上的台历的月份还停留在十一月，于是翻了一页。

二〇一一年十二月。发生了大地震的这一年快结束了。经由大友提起诉讼的斯波宗典一案做出了死刑判决。

斯波针对需要护理的老人发起的连环谋杀案，被人们称作"死亡护理案"。

四十三名被害人，这个数字是"战后"发生的谋杀案里最多的。大友查过，"战前"和战争期间发生过好几起同等或者更大规模的大型谋杀案。那就是后来被称作"养子谋杀案"的一系列案件。当时堕胎被定为违法，很多父母在孩子出生后无法养育，凶手收取一定的养育费将这些孩子收为养子后逐一杀害的案件频发。

无法养育的孩子数量过多时的"养子杀人案"，无法护理的老人数量过多时的"死亡护理案"，它们在性质上是相似的。

"死亡护理案"的审判从起诉到下达判决共经历了四十六个月，花了将近四年时间。

这期间大友也经历了几个不小的变动。工作、妻子，还有父亲。

大友来到客厅，打开灯。日光灯照亮房间，那里只有空旷。迎接大友的是无言的家电和家具。

他在 X 地级检察厅工作两年后，辗转到了仙台地级检察厅，如今又调到了东京地级检察厅，所属部门是特别搜查部，这对于一线检察官来说已经是无可比拟的职业生涯。这无疑是对他通过独立侦查破获斯波宗典一案的认可。

这年春天开始，他和妻子分居，只身奔赴工作地。妻子玲子和女儿佳菜绘则留在妻子的老家镰仓生活。

分居的起因是这年三月，东日本大地震发生后第二天早上，玲子忽然下不了床了。

医生诊断为抑郁。可能是辗转于陌生地方的生活和第一次育儿所带来的精神压力，在目击那场史无前例的灾害之后决堤了吧。

玲子从来不说，所以他没能及时发现——这些都是借口。大友自知玲子被迫过着并不适合她的生活，也知道玲子忍受着精神上的压力。他总想替她分忧，但因为工作的原因最终什么也没能做。

他曾想过，结婚后玲子潜心信教可能是源自内心的不安定，即便如此，自己却还是选择了袖手旁观。

医生建议玲子在安定的环境下生活，二人这才决定分居。玲子哭着向他道歉："对不起，我明明答应你不管去哪儿都陪着你，你的工作一直那么辛苦……"大友知道该道歉的是自己。

经过一番苦心规划，大友终于在这年的十二月二十四日申请到一次公休。他计划着至少可以去镰仓陪妻子一起过个平安夜。

大友在厨房接了杯水喝，随后瘫倒在沙发上。

他从茶几上拿起一本厚厚的书。书拿在手里沉甸甸的。

深蓝色封面，书脊上的烫金字已有些脱落。

一九八七年版，新共同译《圣经》初版。这是日本天主教和新教各派共同翻译出来的跨教派《圣经》，是他上初中时父亲送给他的。

大友翻开《圣经》，是"马太福音"这一卷。他的目光开始追随耶稣的言语游动起来。

你们祈求，就给你们。寻找，就寻见。

叩门，就给你们开门。

因为凡祈求的，就得着；寻找的，就寻见；叩门的，就给他开门。

你们中间谁有儿子求饼，反给他石头呢？

求鱼，反给他蛇呢？

你们虽然不好，尚且知道拿好东西给儿女。

何况你们在天上的父，岂不更把好东西给求他的人吗？

所以，无论何事，你们愿意人怎样待你们，你们也要怎样待人。

因为这就是律法和先知的道理。

父亲去年因为胰脏癌去世了。

所有权转让使"森林花园"变成了"睦美花园"，不过父亲的护理服务还是按照约定提供至最后一刻。

癌症晚期的父亲意识已经朦胧，无法主动进食了。此时可以通过胃造瘘的治疗延长生命，即在胃部插管直接提供水分和营养，但父亲在当初意识还清醒的时候就明确表示拒绝任何延命手段。

"我可懒得跟癌症做斗争。能减少痛苦就行，哪怕缩短寿命。你们别想着替我延命，尽量让我死得舒服一些。"

父亲说过这些话，也在拒绝延命治疗的意愿书上签过字。不管他的行动跟信仰是否相符，这就是他的意志。

当今日本的法律解读对积极杀死患者的"安乐死"持慎重态度。即便是癌症晚期，通过注射药物使患者安乐死也将以谋杀问罪。另一方面，通过不进行延命治疗或者停止治疗的方式完成消极性的安乐死——即所谓的"尊严死"——已经在事实层面获得了认可。

这不代表这些手段已经法制化，严格来说，在合法与否上还没有结论。但是在终末期的治疗中，拒绝延命或者终止延命的方式已经普及化，厚生劳动省也给出了方针指导。司法对此也不加取缔，总体处于默认状态。

公寓长说，睦美花园里患不治之症的入住者绝大多数都拒绝进行延命治疗，公寓方面也尽可能地满足这些人的愿望，只提供善终服务。

明知道会死人却放任不管就等同于杀人！

通过死亡获得救赎是骗人的幌子！那种死只不过是放弃！

曾经对罪犯们说的话，如今全都原封不动地还给了自己。

可大友也不敢说因此违背本人意愿进行延命治疗就是正确的。

像父亲这样，置身于被称作安全地带的良好环境里还不期望延命，这算不算放弃，大友也不知道。

最终大友同意了不做胃造瘘。

父亲接受的点滴，控制在最低限度的营养，就这样大约三周过后便油尽灯枯，去世了。

父亲寻求安宁的死，他得到了。

大约在父亲去世前两个月，那时候父亲的身体已经十分憔悴，但意识却还很清醒，他曾在大友前去探望时这样说道："你抓的那个斯波，其实也没有那么坏……"

"死亡护理案"被媒体极具煽动性地大肆报道。

该案侦破之时正赶上森林公司接受处分，社会上对护理的关注高涨，而且作为"战后"死亡人数最多的案子也极具话题性，每次庭审都有许多人蜂拥而至申请旁听。

斯波在法庭上陈述了和审讯过程中一样的内容。他讲述了杀父案的始末，并主张之后的连环杀人是拯救行动。

像父亲这样对斯波的所作所为表示拥护的意见也不在少数。

悲悯杀人狂——社会上这样评价他。

对杀人行为持肯定态度的非常罕见，但认为他是个穷凶极恶的罪犯的人也很少。

许多有识之士纷纷发表意见，认为"他的谋杀行为不可原谅，但根本的问题还在于社会"，媒体也表现出同样的态度。

这使得人们能够基于事实重新审视森林公司一事，这不仅仅是一个企业的问题，它发生在护理制度不完善的大环境之下。

"死亡护理案"成了一种契机，在各种场合被深度讨论。

有人主张，面对日益显著的社会老龄化应做出相应调整，改善行动不便和失智症病发就等同于被剥夺作为人的尊严这样的现象。但也有人强烈反对——人力和财力从哪里来？

一些人出于尊重终末期病人自我意志的立场，提出对安乐死、尊严死应持积极肯定的态度并且使其合法化。这同样引发了反对运动，认为肯定安乐死的观点背后其实带有"加重社会负担的人死了更好"这种优越感，这有可能加重针对老年人和残障人士的歧视现象。

价值观和价值观之间产生了激烈的碰撞。人们之间唯一的共识，就是不能再逃避现实，对这一问题避而不谈。

这一系列的社会变化，让大友注意到了斯波的真正目的。

大友读完"马太福音"耶稣气绝那一节，合上《圣经》，无旁人的房间里瞬间响起"啪"的一声。

自古登堡用羊皮纸印刷了四十五部以来，这是世界上印刷数量最大、阅读次数最多的书。它讲述了两千年前一名男子的故事，他在伯利恒的马厩出生，在加利利湖畔布道，最后在各个他山上被绑。其中的记述大部分为虚构，甚至有学说怀疑其本人是否真实存在过。然而他的故事已经广为流传，改变了世界。

改变了世界的不是他自己，而是他的故事。

将他的故事奉为信仰的国家出现了。为使他的故事广为传颂的战争发动了。就他的故事该如何解读，争议越来越多，越来越无止境。他的故事拯救了许多人，也杀害了许多人。故事改变了世界。

开什么玩笑！

大友的内心猛地充满难以抑制的冲动。

耳朵深处剧烈的痛楚。自从四年前审讯斯波那天起，它就没有停止过，耳鸣的声音也已经大到无法忽视。

恶心的感觉翻涌肆虐，感觉随时要吐。

是负罪感。

那近似愤怒却茫然无措的情绪究竟是什么，大友自己心里很清楚。

悔过吧！

耳鸣幻化成清晰明了的声音，在脑海回响。曾经，包括现在，审讯疑犯时反复出现在心中的那句话，被抛到了自己头上。

悔过吧！悔过吧！悔过吧！悔过吧！

那个忘我地斥责着大友的声音，正是来自大友自己。

每个人生来都有——大友当然也有——善性。那是它的声音。

大友一直很犹豫，但最后还是决定去见他。

再见一次斯波宗典。

再一次和他对峙。

死刑犯的探视控制得极为严格，原则上除家属以外不予准许。

动用人脉在看守所那边疏通疏通，应该问题不大。

★

斯波宗典 二〇一一年 十二月十三日

十一天后，下午一点二十七分。东京看守所，斯波宗典迎来了
一位意料之外的探视人。

斯波已没有亲人，包括当初的拘留审讯期间在内，除了律师之
外，他似乎再没见过任何人。

大友秀树。检举了斯波罪行的前 X 地级检察厅检察官。听说
如今他在东京检察厅就职。

狭小的探视房间里，斯波和检察官隔着一块钢化玻璃板再会了。
参与庭审的检察官另有其人，二人最后一次见面还是四年前。

大友好像瘦了些，跟当初的印象有些不一样。

"检察官先生，这是干吗？"

"我有事要问你。"

大友沉默不语地紧盯着斯波。

"什么事？"

"你的动机，你作案的目的。"

"这些嘛……当初审讯时都说过了，法庭上也陈述了，我想拯救像我和我爸那样苦苦挣扎在护理生活中的人。"

"不对！不，那只是一半的目的。案发后，包括在法庭上被判死刑，整个过程都是你事先想好了的。是不是？"

大友的视线压低了些，箭一般地射向斯波。

"你真正的目的，是让更多人知道你制造的谋杀案！从亲生父亲的委托杀人开始，你要把你这个悲悯杀人狂的故事展示在全国人面前！

"你的故事里剥去了所有虚伪的粉饰，没有爱情，没有亲情。你想让人们知道社会有着无法掩盖的不公正，它是有漏洞的。你想让自以为生活在发达国家衣食无忧的人们清醒。你利用公开庭审，讲述了这样一个故事。不，包括现在你的故事也还在继续。

"曾经的故事，将以你的死画上句号。死刑——这个鲜明的结局将你的故事深深刻印在人们的记忆里和这个国家的历史中。

"哪怕你自己死了，那些目睹了你的故事而幡然醒悟的人，他们若能让社会，不，是让这个世界变得更好一些——这就是你的目的！

"你说过，'这世上有时候不惜将负罪感遮盖也要杀人'。其实你真正渴望的，是这个世界再没有人希望别人去死，更不希望自己的家人去死！你憧憬着一个可以无须放弃生命的世界，不存在曾经吞噬了你和你父亲的那种漏洞的世界！是不是？！"

这名检察官不止一次地发现了斯波的真相。面对这位突然现身的知音，斯波甚至有一丝感动，不禁露出了笑容。

检察官似乎将他的反应当成了肯定的回答，表情更加冷峻了，仿佛能听到他的牙齿咬得咯咯作响。

"你以为自己是谁？殉教者吗？救世主吗？"

检察官的怒吼听上去又像悲鸣。

"不是。"斯波摇了摇头，"就算你说得没错……嗨，这只是个假设。如果像检察官先生说的那样，我牺牲了许多人的性命，甚至赌上自己的命向众人讲了一个故事，也可能什么都无法改变，有可能还是要听天由命。又或许，现在的情况已经算很好了，十年后、二十年后的境况将会更加残酷。呵，恐怕这就是事实。这是一场多么被动、多么绝望的斗争啊！"

"……"

检察官一言不发地注视着斯波，他的双眼里有什么东西在闪烁。斯波继续开口。

"即便如此，至少应该奋起反抗。面对曾经将我和父亲逼上绝路的东西，哪怕只能报上一箭之仇，哪怕只能留给未来一点微乎其微的东西，那或许就有斗争的价值。"

斯波想笑一笑，却不自信是否可以笑得好。

"你开什么玩笑！谁让你凭你那套道理杀人！谁让你自以为是地背负使命！谁让你自作主张地去斗争！自作主张地去死！这个世界不是你一个人的！"

检察官的声音是灼热的，带着湿润的震颤。

"是啊。能跟你聊聊真不错。"

他真的这样想。这就足够了吧。

斯波沉默了。

★

羽田洋子 二〇一一年 十二月十八日

五天后，晚上十一点二分。羽田洋子正大声喊着加油。

"飒太，嘿，那里！上呀！"

星期日，河岸边的足球场。儿子飒太的足球队正参加比赛。冬天的风顺着河川吹来，那丝毫不影响孩子们在操场上奔跑。

飒太才五年级，已经能穿上六号球衣首发出场了。位置是边后卫。防守球员，但可以凭借速度大胆后插发动防守反击。

如今他就钻了对方防守球员站位不好的空子，带球从场地一头跑到了另一头，只可惜传接球时机没配合好，没能制造决定性的助攻机会。

"啊——可惜啦！没事没事！再来再来！"

她大喊着，声音淹没在其他家长的呐喊里。

飒太，你都能跑得这么快了，她心想。

"厉害啊。飒太就是八贺的长友佑都。"

旁边的男人拿跟飒太踢相同位置的球星打比方。

洋子苦笑着。

289

"就算是吧。现在全日本所有踢边后卫的孩子里，只要是跑得快的，还不都是'某地某地的长友'。"

"那不是。飒太跟他们不一样。"

"这就开始宠孩子了？好像早了一个星期吧。"

洋子已经决定下周圣诞节那天和这个男人领证结婚。

他叫西口，是自己上班那家印刷公司的老板。以前她在车站旁边的小酒吧打工时，他是熟客。他又矮又胖，个子比洋子还矮，感觉就像某种小动物。看他是个老板，如今生意不景气也没什么家产。要说为人机不机灵呢，那肯定属于不机灵的那种。这算不上飞上枝头变凤凰的婚姻，只不过对方是个温柔的男人。

二人大约三年前确定男女关系，洋子常常带着儿子跟他一起吃饭。飒太并不记得自己的亲生父亲，刚开始有点懂事时接触的就是西口，如今已经很自然地接纳了他。

"真的好吗……"西口略微有些低声地说道。

他指的是结婚的事。洋子本可以装作没听见，但她还是回答了。

"我觉得好啊。"

"真的好？"

"这话应该我问吧？我可快五十了，还带着一个那么大的儿子。"

攻守转换，如今对方球队攻了过来。飒太紧密盯防对方前锋，干扰传球路线。就连不懂球的也看得出来飒太活动量很大。

"能娶到你这样的老婆，成为飒太这么好的孩子的爸爸，我没有一点不满意。"

"那不是挺好吗？"

"可是想想岁数，我都六十了。公司不知道还能开几年，身体也差不多快不行了。我肯定先需要人照顾。当初你照顾自己的母亲，那日子多艰苦啊。到头来我搞不好又得让你吃苦……"

二人年龄都不小了，本来也没打算领证。今年三月的震灾之后，洋子的心态有了改变。目睹了那场夺走太多生命的巨大灾害之后，忽然有一天，洋子觉得应该赋予他们的关系更为实在的意义，同时她还感到对方也有同样的想法。

也不知是谁主动的，这个话题就这么被提了出来，反复商量之后，他们决定去领证。洋子确信，这次和上次结婚时的冲动不一样。可事到如今西口却打起了退堂鼓，这让洋子很是无奈。

唉，这也正是这个人好的地方。

正因为西口爱着洋子和飒太，他才害怕自己终要成为他们的负担。这份心思他深藏心底也好，开诚布公也好，在洋子看来都代表了他的好。

"那又怎么样？你，想跟我们一起过一辈子，不是吗？"

"嗯。"小动物一样的男人回答。

"我也是啊。"

如果再年轻十岁，自己一定会钻进对方怀里，现在洋子选择握着西口的手。

不光是洋子他们，据说还有很多情侣因为震灾而决定结婚。为此还产生了一个流行词叫作"绊婚"。对了，上周在京都清水寺公布的"今年的汉字"就是"绊"。

以前查字典,"绊"这个字有"羁绊"的意思。那是用来绑马的马笼头,引申义就是束缚人手脚的枷锁,限制人自由的事物。

"绊",这个字远没有人们谈论它时那么美好。亲身经历让洋子深深明白了这一点。

让洋子从护理中解放出来的,是"死亡护理案"。她尽可能旁听了所有庭审,仔细聆听凶手斯波宗典的每一句话。

她觉得他是个悲悯的男人,是一个可悲的人。她觉得,他和自己一样。

如果人可以不顾他人,想活就活想死就死,那就不会有我和他这种人了。

羁绊,是诅咒。

可是——

可是人与人之间就是要互相成为对方的牵挂,在特定的场合选择特定的人,否则他们就活不下去。

"所以呢……"洋子对着西口缓缓开口道,"你可以成为负担啊。我肯定也会成为你的负担。这世界上谁都曾是别人的负担。不可能有人不是这样。"

这就是洋子的结论。

或许有一天,自己的再婚对象将束缚自己。或许有一天,自己也将束缚自己的儿子。那些地狱般的日子或许会重新回来。

可是——

可是,人需要与人的维系。

哪怕知道前方是地狱，人也无法摆脱这些维系。

那么就在一起吧，至少和自己爱的人。

哪怕牵挂将成为羁绊，成为诅咒。

也要在一起，活下去。

对方球队的传球被己方防守队员拦了下来。球传到了十号球员，一名六年级中场选手的脚下，他开始带球进攻。见对方防守球员上前逼抢，中长将球交给了左边卫。对方的最终防线动了起来，另一边的飒太开始急速奔跑。

"我们要幸福哦。"

虽然这无法成为约定。

足球在球场上方划出一道大大的弧线，大脚转移到了另一边。球落到了奔跑的飒太脚下。

★

大友秀树 二〇一一年 十二月二十四日

六天后，下午四点五分。大友秀树走在名为"极乐寺坂切通"的山路上。镰仓三面环山，当初修筑的陆路入口共计七处，这里是其中之一。如今它已被修整得很好，始于极乐寺站前，是一条径直通往由比浜附近住宅区的公路。

女儿佳菜绘走在大友前面，妻子玲子走在后面。

目的地是海边的教堂。他们在途中简单吃了些东西后，正在前往圣诞礼拜的路上。

大友意识到，像这样一家三口一起去做礼拜还是头一次。这更让他觉得自己是个不合格的基督徒。

佳菜绘几个月没见爸爸，嘴里一直说个不停。她说她在幼儿园的圣诞会上用口风琴吹了《平安夜》。她说镰仓的外公外婆给她买了掌上游戏机。她说很期待来年春天就要上小学了，书包不要红色要橙色的。她还说能跟爸爸一起去做礼拜很开心。大友看着女儿用幼稚的言语表达想法，眼睛不禁眯成了缝。

玲子慢慢地跟在大友和佳菜绘身后。回到她熟悉的土地，又有家里父母的帮助，她的状况似乎有所好转，但还不算稳定。

出家门时她塞给大友一个口罩。听说玲子自己和佳菜绘外出时也一定要戴。东日本大地震引发了核电站事故，玲子说她害怕核辐射的扩散。

"想太多了吧？"大友坦率地说出了自己的想法。玲子眼里泛起了泪花，她说："我明白。道理我明白，可是我的心里不明白。一想到自己或者对自己来说很重要的人没戴口罩，我就焦虑，焦虑得不行。"

大友戴上了。如果一块棉布就能终止焦虑又何乐而不为。现在也正是季节，说不定还能预防流感。

就这样，他们一家三口戴上了口罩，走在前往教堂的路上。

冬天凛冽的风迎面吹来。现在这阵风中究竟夹带了多少焦虑的种子呢？

明明早该知道。

这是之前谁说的话来着？哦，是 X 地级检察厅的助理椎名，让"死亡护理案"浮出水面的重要人物。听说他已经通过了考试，现在是实习检察官。

早该知道的。

提醒早就给出了。

受地震影响，核电站发生核泄漏事故已经不是第一次了。

四年前，"死亡护理案"案发那年，中越海湾地震时柏崎刈羽核电站就发生过核泄漏。

日本会发生大型地震，核电站并不安全，这些提醒早就摆在众人面前了。

就像妻子因心理问题积劳成疾的事早有征兆一样，社会老龄化将导致越来越多的老人无法充分享受护理，这个问题也早有了先兆。

如今发生的灾难，事先全都有先兆。

三人顺着小路走出了住宅区。

右转过后，大海在视野里扩展开来。

伴随着潮水的气息，风更冷也更强了。

"好棒！爸爸，爸爸，快来！"

佳菜绘无邪地拉着大友的手。

大友被女儿拉扯着逆风而行。

前两天"今年的汉字"公布了结果，是"绊"。

孤独死的新闻接二连三。自己了断性命的人络绎不绝，据说自杀比率最高的是对健康问题抱有焦虑心理的中老年人群。国民养老金拖欠人数已达四成。社会保障和人口问题研究所发表预测结果说，四十年后日本将进入一对一养老社会，适龄工作人群将面临每个子女赡养一个老人的负担。根据厚生劳动省预测，明年因失智症而产生护理需求的老年人数目将上涨至三百万。相对地，护理业的离职率仍旧居高不下，劳动力不足的问题年年恶化。

漏洞不会被填上，只会裂得更大、更深。

早就知道。

早就给了提示。

未来可能发生的灾难，是早有预兆的。

发起挑战的男人如今正在看守所里等死。

故事仍在流传，世界却可能不再变化。

早就知道，早就知道，明明人们早就知道。

人们只会袖手旁观。

没有义人，一个都没有。生活在这个并非伊甸园的世界里的人，全都有罪。

悔过吧！

耳朵深处的痛楚，恐怕再也不会消失了吧。

来自善性的声音在不停控诉，却不告诉自己该如何去做。

女儿手那么小，又那么真实。身后的妻子小跑着追了上来，她的眼角是温柔的笑。

如果有人问自己爱不爱她们，答案毫无疑问是爱。他也坚信自己同样被爱。

他们相互牵挂。

在现在，在这里，毫无疑问。

"你看！"

佳菜绘手指着西方的天空。厚重的云层与云层之间，橙黄色的夕阳汇聚成一条光柱落向海面。

美丽而神秘的景观。

这种现象被称作云隙光。天空中的云层较厚并存在缝隙时，偶尔在傍晚时可见这种现象。

跟在身后的玲子嘀咕了一声："雅各的梯子……"

"佳佳知道，是天使们走的路，对不对？"

雅各的梯子。

它源自犹太人的祖先雅各在梦中所见，据说云隙光是神的使者往来于天国和地上的阶梯。

"真美。"妻子的眼睛湿润了。

"嗯，是挺美。"

大友握着女儿的那只手稍稍用了些力，另一只手握起妻子的手。

原来在这样的时刻人会祈祷。

从天而降的光之阶梯，当然，那里并看不见天使。那束光芒并没有连接着天国，不过是种可以被科学解释的自然现象。

那颜色仿佛在燃烧，它意味着太阳入射角正在变小。

就快日落了。

大友早就知道。

夜幕，即将降临。

主要参考资料

书籍

《应该了解的失智症基础知识》, 川畑信也（集英社）

《职业倦怠的理论和实际》, 田尾雅夫 / 久保真人（诚信书房）

《没有"爱"的国度——护理人才的流失》, NHK 特别节目取材班 / 佐佐木登久子（阪急 Communications）

《如何成为检察官》, 三木贤治（鹈鹕社）

《检察官纪实》, 读卖新闻社会部（中央公论新社）

《焚烧前诉说》, 岩濑博太郎 / 柳原三佳（WAVE 出版）

《来自动物的伦理学入门》, 伊势田哲治（名古屋大学出版会）

《危险经济学》, Steven David Levitt/ Stephen J. Dubner（东洋经济新报社）

《把不透明时代看透的"统计思考力"》, 神永正博（Discover 21）

《失去的一代：彷徨的 2000 万人》, 朝日新闻"失去的一代"取材班（朝日新闻社）

《图解 基督教》, 山我哲雄编著（洋泉社）

《全面掌握基督教大事典》, 八木谷凉子（朝日新闻出版）

广播节目

《广播新闻探索 *Dig*》（*TBS 广播*）

2012 年 8 月 29 日播出"护理工作最前线什么样？"

2010 年 12 月 20 日播出"老年人虐待现象为何持续增加？"

书中引用的《圣经》文本均参考自新共同译《圣经》一书。

除上述作品之外，也从其他许多书籍、新闻报道、网站信息中获得了灵感。

本书为虚构作品，与现实中的一切人物、团体皆无关联。

书中对社会制度与现状的描述可能与实际情况存在出入。

此外需要强调，书中的"完美犯罪"手法仪是用来推动故事发展的虚构产物，实际并不成立。请将本书作为单纯的悬疑小说来阅读。

另外，如今政府部门增设了养老护理咨询窗口。

如有护理方面的困难或烦恼，请务必前往相关部门咨询求助，不要过分勉强自己。

图书在版编目（CIP）数据

失控的照护 /（日）叶真中显著；代珂译 . -- 成都：
四川文艺出版社，2024.8.（2025.4 重印）--ISBN 978-7-5411-7016-4
Ⅰ. I313.45
中国国家版本馆 CIP 数据核字第 2024S5J496 号

著作权合同登记号 图进字：21-24-088

SHIKONG DE ZHAOHU

失控的照护

[日] 叶真中显 著　代珂 译

出 品 人　冯　静
策划出品　磨铁图书
责任编辑　陈雪媛
监　　制　潘　良　于　北
封面设计　609 工坊

出版发行　四川文艺出版社（成都市锦江区三色路 238 号）
网　　址　www.scwys.com
电　　话　010-82068999（发行部）　028-86361781（编辑部）
印　　刷　三河市中晟雅豪印务有限公司
成品尺寸　145mm×210mm　　　开　本　32 开
印　　张　9.625　　　　　　　字　数　310 千
版　　次　2024 年 8 月第一版　印　次　2025 年 4 月第五次印刷
书　　号　ISBN 978-7-5411-7016-4
定　　价　55.00 元